神様の子守
はじめました。
12

霜月りつ

この作品はフィクションです。
実在の人物・団体・事件などに
一切関係ありません。

神様の子守はじめました。12

目次

第一話

神子たち、別荘を満喫する

序

森の中で遊ぶ子供たちの声が聞こえる。

どこか遠いところにいるようにも、すぐ近くにいるようにも響くのが不思議だ。

迷子になるから別荘の三角お屋根が見えるところで遊んでね、と約束した。

まあ万が一、姿が見えなくなっても翡翠《ひすい》が森の中に飛ばしている霧が居場所を教えてくれるのだが。

ご近所の三波《みなみ》先生にお借りした軽井沢の別荘。来てそうそう、おかしな事件に巻き込まれたが、子供たちはそんな事件もなかったかのように森の中の遊びに夢中だ。

地面は落ち葉が積み重なった土がふかふか。

そうかと思えば石がごろごろしているところもある。

見上げれば枝葉がさまざまな風に揺れ、鳥の声がやたらと大きく響いた。

ひゅうっと森の奥から風が落ち葉の匂いを運んでくる。

落ち葉、どんぐり、きのこ、見たことのない小さな花。地面を這う虫、飛ぶ虫、鳴く虫。

目で見え耳で聞こえる範囲でさえいつもとたっぷり違う。

空気は冷たいが日差しが強くて、陰に入っていない場所はそれなりに温まっていた。

「音はすれども、静かやねえ」

「気持ちがのんびりしますね」

梓《あずさ》は別荘の外にあるベンチに腰掛けたまま息を深く吸い込んだ。

「あじゅさー！」

蒼矢《そうや》と朱陽《あけび》がつんのめりながら駆けてくる。

「なあに？」

「なんでこんなとこにいんの、みえなくなっちゃうでしょ！」

「ええっ？」

「あーちゃんたちからみえなくなっちゃ、だめでしょ」

子供たちに手を引かれて腰が浮く。紅玉《こうぎょく》を振り返るとバイバイ、と手を振られた。別荘の緑の屋根が遠ざかる。

「しらなーはあっち」

蒼矢が指さす。見ると、白花《しらはな》のかぶった帽子が草の上で動いている。花を摘んでいるのだろうか？

「げんちゃんはあっちよ」

朱陽が三時の方向を指さす。目を凝らすと、木の根元に寄りかかっている姿が。

「それで、あーちゃんとそーちゃんはあっちにいってみたいのね」

九時の方向。

「だからあじゅさはここにいるのがいいとおもうんだ」

朱陽の的確な空間把握に感心する。やはり幼くとも朱雀。鳥の視点を持っているということか。

「わかったよ。梓はここにいるからいっておいで」

「うん、みててね」

朱陽と蒼矢はそう言うと手をつないで走って行った。

途中で一回振り返り、梓が見ているのを確認して二人で顔を見合わせ笑いあう。

梓は白花の方へ視線を向けた。ピンクの毛糸の帽子が少しずつ木々が繁《しげ》るほうへ移動していく。

「白花――」

呼ぶとこちらを振り向き立ち上がる。

「あまり奥へ行っちゃやだめだよ」

白花はわかっている、というように両手を振った。玄輝《げんき》の方はさっきから動かない。きっと眠っているのだろう。

子供たちは自分たちの世界を持ち、自分たちで考えて動いている。今はまだ目で追うことができるがいつか見えない場所へ走っていくのだろう。

それは頼もしくもあり、少し寂しい気持ちもある。

梓は白花と朱陽、蒼矢を交互に見ながら玄輝の元へいった。やはり眠っている。

ぽかぽかと振りそそぐお日様の陽が、玄輝の丸い頬を光らせていた。

「玄輝、眠るならおうちの中で寝よう」

投げ出した手の平に蟻《あり》が歩いている。それをそっと摘まんで地面に下ろすと、梓は玄輝を抱き上げた。

眠っている筈《はず》なのに玄輝の口元がへにゃりと笑う。

「あれ？　起きているの？」

梓が言うと玄輝は半分目を開けて、「んーん」と梓の胸に顔を擦りつけた。

玄輝がこんなふうに甘えてくるのは珍しい。梓は玄輝を抱いた腕を軽く揺すりながら別荘へ戻った。

ベンチまで戻ると紅玉もうたた寝している。精霊も眠るんだなあと変な感心をしていると、別荘の中から翡翠が出てきた。

「あ、翡翠さんすみません。玄輝を中で寝かせてきますので、代わりに朱陽や白花が見えるところに行っててもらえますか、俺もすぐ行きますから」

「子供たちを見守るのは私の役目だ。やらいでか」

翡翠はそっけなく言うとすたすたと歩いてゆく。

ここに来てすぐ、森へ遊びにいったとき、平安時代に飛ばされてしまった。京の都で暴れまわる妖怪に手を焼いた陰陽師《おんみょうじ》の安倍晴明《あべのせいめい》が、母のお告げに従って梓や子供たちを召喚《しょうかん》したのだ。

幸い、梓の機転でなんとか妖怪を抑えることはできたのだが、時空《じくう》を超えたことで、翡翠と紅玉、二人の精霊は子供たちの存在を感知できなくなってしまった。

翡翠はうろたえて、蒸発するほどに心配した。すぐに戻ってはこられたのだが、さんざん怒られてしまい、そのあともずっと機嫌が悪い。

梓は軽くため息をついて別荘の中に入った。

玄輝を居間のソファに寝かせたあと外へ出ると、さっきまでベンチで寝ていた紅玉の姿がなかった。

遠くで子供たちの笑い声が聞こえる。

足を向けると翡翠と紅玉が子供たちと一緒に地面にしゃがんでいた。みんなしてなにか探しているようだ。

「みてみて、でっかいのー！」

　蒼矢が拾い上げたのはどんぐりだ。

「あーちゃんの、ぼーしかぶってるよー」

　朱陽も負けじと高々と手を挙げる。白花は両手に持ったどんぐりをじっと見比べていた。

「そーちゃん、僕のどんぐりの方が大きいんとちゃうかな」

　紅玉が蒼矢の指先のどんぐりに自分のどんぐりを寄せてみる。蒼矢は顔を近づけ、じいっと見てから、

「ちがうもん！　おれの方がおっきいもん！」

　と口を尖らせた。

「うん、蒼矢の方が大きい」

　子供たちの言うことはとりあえず肯定する翡翠に保証され、蒼矢は満面の笑みを浮かべる。

「どんぐり拾ってるの？」

　梓は子供たちに近づいた。

「うん、いちばんかっこいいどんぐりさがしてんの！　そしたらこーちゃんがそれコマにしてくれるって！」

「へえ、いいねえ」

　紅玉を見ると、にっかりと笑って親指を立ててきた。

朱陽が梓にどんぐりを見せる。

「ねーねー、あじゅさ、みて。こっちはおっきくてかっこいいの、でもこっちはぼうしがかーいーの。だけどね、あーちゃんこれにすんの、こっちはきらきらしてんの！」

朱陽の指先のどんぐりは赤味が濃く、磨いたように輝いている。

「本当だ、きらきらしてるね」

「あじゅさ、おれのもみて！　でっかいの！」

蒼矢はとにかく大きければいいらしい。

「うん、大きいね！」

梓はうずくまったままの白花の横にしゃがんだ。

「白花は選んだの？」

それに白花は困った顔をする。

「こっちと……こっち、どっちにしようか……わかんにゃいの」

白花は右手と左手に持ったどんぐりを上げたり下げたりしながら答えた。

「どちらもきれいではないか。両方とも選べばいいだろう」

翡翠が後ろから見て言う。それに白花は首を振った。

「いっこだけなの。じゃないとずるだもん……。えらぶのむじゅかしい……」

隣では朱陽と蒼矢が選び抜いた一個を見せ合って嬉しそうだ。白花は一個だけのどんぐりを選べない自分がはがゆいのかもしれない。

「あじゅさはどっちがいい？」

　真剣な顔で仰ぎ見られたので、梓も真剣な目でどんぐりを見る。しかし、梓にはふたつのどんぐりの差異は見つけられなかった。

「うーん……。あ、それじゃあ、どっちかを玄輝にあげることにしたら？　そうしたら白花が遊びたいときに玄輝に貸してもらえるよ」

「そっか……！」

　白花の顔がぱあっと輝く。

「そしたらこっち、げんちゃんのに……する」

　白花は左手に持っていたどんぐりを青空にかざした。

「じゃあ、みんなが選んだのをコマにしような」

　紅玉が立ち上がりパンパンと手を叩く。子供たちは「あいあーい」とはしゃぎながら別荘に向かって駆けだした。足元から乾いた落ち葉が粉になって舞い上がる。

「さすがやね、梓ちゃん。ああいう答えは僕は考えつかんかったわ」

「くっ、羽鳥《はのとり》梓。これで勝ったと思うなよ、次こそは！」

　紅玉にほめられ、翡翠には謎の挑戦をされ、梓は照れ臭いやら疲れるやらで半端な笑みを浮かべるほかなかった。

一

コマを作って遊んだあとは、夕食のバーベキューのためにみんなで薪拾《たきぎひろ》いをすることになった。

その頃には玄輝も起きてきたので、紅玉が子供たちを連れて森に入った。梓と翡翠は残って食材の支度をする。

紅玉は子供たちに、薪は細くて枯れている枝でお願いね、と言ったのだが、朱陽はとにかく地面に落ちている枝ならなんでも拾ってくるし、蒼矢は葉っぱがいっぱいついている大きいのをひきずってくるし、白花は枝より花を集めてくるし、玄輝は……。

「お、いいね。短くて乾いていて折りやすい。げんちゃん、薪拾いのプロになれるよ、薪拾いマンだ」

紅玉に褒められた玄輝はまんざらでもなさそうな顔をしている。薪拾いマンという座りの悪い称号も気に入ったようで、せっせと枯れ枝を集めてきた。

子供たちが集めた薪——主に紅玉と玄輝が拾い集めた枯れ枝は、別荘の庭に作られたバーベキュー用のかまどに投入された。かまどは煉瓦《れんが》でコの字形に作られたシンプルなもので、そこで火をおこし、上部に網を乗せるだけだ。

「あーちゃん、火をつけてみるか？」

「え、いいのー？」

朱陽はぱっと顔を輝かせる。家では玄輝が水を出したり、蒼矢が風や植物を操ったりすることはあるが、さすがに火を扱うのは危険なので梓に止められている。朱陽は梓の方を振り向いた。

「あじゅさ、いい？」

梓は一瞬ためらったが、朱陽の期待に満ちた目を見ると止めることはできなかった。

「うん、いいよ。気を付けてね」

「うん！」

朱陽は紅玉と一緒にかまどの前にしゃがんだ。

「あーちゃん、ええか？　最初は薪の真ん中に小さい火をつけるんや」

「うん」

朱陽が薪を見つめると、紅玉の指示通り真ん中の枝にぽっと火が付いた。

「ん、上手やね。次はその火を一本だけ端まで広げて」

「んーん……、こお？」

さっと線を引いたように一本だけが赤く燃え上がる。

「うまいうまい。あとは自然に広がっていくからもうええよ。火が網の上まであがるようになったら、下へ下へって押さえてね」

「うん、まーかせて！」

朱陽の頬が燃える火を写したかのように紅潮している。一時は火をうまく操れず恐れもしたが、今はうまくコントロールできるようになり、自信もついているようだ。

日常生活では使わせてあげられずかわいそうだったかな、と梓は思った。

家の庭で焚火《たきび》くらいはさせてあげたいが、今の時代、それもなかなかむずかしい。

焚火の灰が風に漂ったり、煙で咳が出るなどが原因で、条例で禁止になっている地区が多いのだ。

梓は網の上に切っておいた野菜や肉を並べる。いつもは子供たちの口に入るくらい小さくカットするが、今日はかなり大きめにザクザクと切った。外で食べるのだから野趣《やしゅ》あふれる方がいいだろうと思ったのだ。

料理する梓の背中しか知らない子供たちは、目の前でじりじりと焼けてゆく野菜や肉を興味深そうに見つめた。

「おじゃが、くろくなったよー」

「とまとのかわ、ちりちりしてりゅー」

「おなす、ぷくぷく、……ふくれてきたよ」

「……」

玄輝は無言で肉や野菜の焼ける匂いに鼻を動かした。

「そろそろいいかな。さて、なにから食べる？」

梓が言うと蒼矢が真っ先に手をあげた。

「おれ、じゃがじゃが！」

「あーちゃん、とまととしろいのー！」

朱陽の言うしろいの、とはエリンギのことだ。

「しらぁな……おにく、いい？」

「ウインナ。ほねつき」

子供たちのリクエストに応え、翡翠が紙皿に次々と乗せてゆく。

「熱いから、ふーふーするのだぞ」

「だいじょぶー」

朱陽は玄輝にトマトとエリンギの載った皿を差し出した。それを見て玄輝がちょいと指でつつく。朱陽はプラスチックのフォークでエリンギを刺し、唇の先に当ててみた。

「ぬるくなったー」

「おお、げんちゃん。冷まし加減上手やな」

玄輝はそのあとも蒼矢や白花の皿にちょいちょいと触れて食べごろにする。

「一家に一台、げんちゃんやね」

「紅玉！　仮にも神の子をそんな空気清浄機みたいに言うな！」

網の上の野菜や肉は焼いたそばから翡翠が子供たちの皿に載せていた。

「翡翠さん、代わりますよ。少しは食べてください」

「かまうな。私は食べなくても平気なのだ」

梓がそばに寄って言ったが翡翠は視線も寄越さずぶっきらぼうに答えた。

「せっかくのバーベキューですから一緒にいただきましょうよ。白花も待ってますよ」

梓の言葉に翡翠ははっと顔をあげた。白花が紙皿の上にソーセージを山盛りにしてこっちを見ているのに気づく。

「ああっ、白花！　すまなかった、今行くぞ！」

翡翠がトングを放り出す。それをうまく受け止めて、今度は紅玉が網の前に立った。

「ありがと、梓ちゃん。翡翠のやつ、ああでもしないと動かないからな」

「翡翠さん、まだ怒っているんでしょうか……」

「いやあ、あれはねえ」

紅玉がくすくす笑う。

「さっき怒鳴りすぎたんで気まずいんよ。謝るタイミングがわからないんで、ああして不愛想な顔してるだけや」

「ほんとですか？」

翡翠は白花と朱陽に囲まれ、自分の皿に野菜や肉を分けてもらっている。見つめていると顔を上げた翡翠が梓の視線を受け止め、あわてた様子で下を向いた。

「ふ」

思わず笑ってしまった。

翡翠は泉の精霊として生まれて、何百年も人間を見守ってきた。だが恐らく人と関わり、言葉を交わしたのは梓が初めてなのだろう。ドラマや映画や小説で人間の知識は増やしても、自分が体験するとなれば別だ。

頭ごなしに怒った後、ドラマでは場面転換するが、現実は続く。そのあと相手がどう考えているか、などは小説でも書かれない。

翡翠はそれを考えすぎて、どうすればいいのかわからない状態なのかもしれない。

「だとすると、俺は翡翠さんにどう対処すればいいんですか」

「うん、一番いいのは気にしないことや。不器用なやつやねん。勘弁してな」

「そんな。俺がいつも翡翠さんに心配かけるようなことしてるからですよ……」

紅玉はバーベキューの網の上で焼いていたソーセージを皿に載せた。それにたっぷりとマスタードと七味《しちみ》をかける。

「梓ちゃん、これ、翡翠に持っていって」

黄色のマスタードの上に真っ赤な七味。これはかなり……。

「いいんですか？」

「翡翠と仲直りしたいんやろ？」

梓は皿を持って翡翠の元へ向かった。翡翠は梓が近づいてくるのをわかっていながら頑固に目線を向けない。

「あの、翡翠さん。これ……どうぞ……」

梓は翡翠の顔の前に紙皿を差し出した。翡翠はそっぽを向いている。

「……ひーちゃ？」

白花が心配そうな顔で翡翠を見上げる。朱陽は翡翠と梓を見比べていたが、立ち上がって紙皿の上のソーセージを手で掴んだ。

「ひーちゃ、あーちゃんがたべさせてあげりゅ。あーんちて」

「あ、朱陽」

梓は止めようとしたがその手を白花が掴んだ。「大丈夫」と言うように首を振ってほほ笑む。

「……」

翡翠はまだ目線を空に向けたままだったが、朱陽がソーセージを近づけると口を開いた。

その口に朱陽がソーセージを押し込む。

「たべてー」

ぱくんと翡翠が口を閉じる。梓がはらはらと見守っていると、

「ぶほぉおおおっ！」

翡翠が口を押さえてのけぞった。

「ひ、翡翠さん！　大丈夫ですか」

「ぐえっぽ、げほっ！　な、なんだこれは！」

「す、すみません、あの、」

「辛い！　水っ、水って私か、げほげほっ！」

翡翠は口の中から水を吹き出した。

「わー、ひーちゃ、くじらさんみたーい」

ぜえぜえと肩で息をする翡翠の前に梓は紙コップに入った水を差し出した。

「えっと……いらないですよね」

「バカかきさまは」

そう言いながら翡翠は梓からコップを奪う。そのまま腰に手を当ててゴクリゴクリと飲んだ。

「大丈夫ですか」

「……」

翡翠は黙って梓に紙コップを返した。梓がそれを受け取ると、そっぽを向いたまま答えた。

「……ありがとう…」

翡翠の耳が赤くなっている。頭の上がもやもやして向こうの景色がぼんやり見えるのは湯気があがっているのかもしれない。

「……どういたしまして」

「か、感謝したわけではないぞ！ 慣用句《かんようく》だからな！」

打てば響くように翡翠が返した。

「それはそれとして！ 今のソーセージはなんだ！」

「あ、あれは紅玉さんが持っていけって」

「紅玉――――！」

翡翠が紅玉の元へ走る。それを見送る梓の手を白花がそっと握った。もう片方には朱陽がぶら下がる。白花は大人びた微笑みを浮かべて梓に言った。

「ひーちゃ……ツンデレさんね」

「し、白花、そんな言葉どこで覚えたの!?」

二

バーベキューが終わるころには空はもう黄昏《たそが》れて、木々の先端が黒いシルエットとなっていた。

オレンジ色の雲が紫の空に一筋ずつ溶け込んでゆく。全部消えれば夜の空だ。

冷たい風に追い立てられるように、子供たちは別荘に入った。部屋の中でもお楽しみはある。

紅玉が暖炉に薪を積み上げ、朱陽と一緒に火をつけた。温かな炎が室内を照らす。パチパチと薪の燃え上がる音が優しく染みていった。

その暖炉を背景に、白花が立ってみんなを見まわす。

「白樺《しらかば》別荘殺人事件～！」

未来から来た青い猫型ロボットのように、白花がDVDを高々と両手でかざす。

「タカシちゃんのドラマですー。べっしょーでべっしょーの……ドラマみます……！」

白花お気に入りの俳優・本木《もとき》貴志《たかし》主演のミステリードラマだ。

「白花はそれ、何度も観てるんでしょう？」

「でも……あじゅさはみてないよね？　あーちゃんたちも……みてないの。みんなでみよ？」

　このドラマはネット配信されたものだったので、確かに梓たちは観ていない。翡翠がパソコンから録画して持ってきてくれたものだ。

「翡翠さん、大丈夫なんですか？　ネット配信のものってテレビより表現が過激だって聞いたことありますが」

「ああ、けっこう猟奇殺人《りょうきさつじん》なんかが取り上げられているが、三波先生のは元々そんなに残酷描写もないし、過激な性描写もない。私も見たが、少しホラー風味なだけで問題ないぞ、なにより白花が観て面白いと言っているし」

「ホラー風味……」

「少しだけだ。怖くはない」

「……翡翠さん、このあいだテレビから出てくる女の幽霊とアパートに住み着いている女の幽霊が戦うホラーを観たって言ってましたよね、あれは怖かったですか？」

「大爆笑ものだ」

　翡翠の〝ホラーは怖くない〟は信用しないことにしよう、と梓は思う。先日スマホでその映画をうっかり途中まで観てしまい、眠れなくなった身としては。

「あじゅさ、あーちゃん、タカシちゃんのドラマみてもいーよ」

朱陽がDVDをにらんでいる梓を見上げて言った。

「でも朱陽、これ少し怖いんだよ？」

「しーちゃん、みてんでしょー？　だったらへーきよ。ねー、そーちゃん」

話を振られて蒼矢はびくっと振り向いた。だがすぐにそっぽを向く。

「おれはーみなくてもーいーよ」

「えー、そーちゃんこあいのー？」

「こわくなんかないよっ」

「じゃーいっちょにみよー」

朱陽にうまく転がされ、蒼矢は悔しそうな顔をする。

「げんちゃんもみよー」

おなかいっぱいになってすでにソファの上で丸くなっている玄輝を、朱陽が揺すりながら言う。玄輝の頭ががくがく揺れたのを了承の意とした。

「あーちゃん……ありがと」

白花は朱陽の首にぎゅっとしがみついた。朱陽はその白花の背中をぽんぽんと叩く。

「いーの、だってしーちゃん、タカシちゃんしゅきでしょ？　しゅきなのはみんなでみるといいよねー。あーちゃんもあーちゃんのしゅきなだんごむし、しーちゃんにみてもらったもん！」

　そういえば一時期朱陽がだんごむしにはまったとき、二〇匹近く集めてきて畳の上で転がしていた。一匹一匹に名前をつけて二日ほどどこにいくにも持って歩いていたものだ。

「あーちゃん！」

「しーちゃん！」

　女の子二人は抱き合って「きゃーっ」と歓声をあげる。それを観ていた蒼矢はつまらなさそうに玄輝の背中にしがみついた。

「げんちゃん、でーぶいでーみるの？」

「……みる」

「なんでー？　ぜったいおもしろくないよー」

　それに玄輝は肩をすくめるだけで返事をしなかった。

「ちぇー」

　みんながリビングのソファや床に腰を下ろしたので、白花はいそいそとテレビの下の再生機器に近づいた。

　そういえばうちのと機種が違うけど大丈夫かなと思っていたが、白花は迷うことなくトレイを出し、ＤＶＤをセットすると再生ボタンを押す。

　考えてみれば機種が違っても使われているマークは同じなのだ。日常的にＤＶＤをいじっている白花には問題ないのだろう。

翡翠がリビングのカーテンを閉めて回る。池袋と違って車の音などが聞こえない森の中の別荘で、今、惨劇の幕があがった。


ドラマは大学生七人が、別荘へやってくるところから始まる。別荘の持ち主はサークル仲間の一人でカナコさんと呼ばれているおとなしい少女だ。

別荘のロングショットが映ると、「あーここだー」と蒼矢が大きな声をあげた。

「ねー、みどりのおやね！　ここだよね」

「そうだ、蒼矢。このドラマは三波先生の別荘がそのまま舞台になっているという点でもおすすめなのだ」

翡翠が隣に座る蒼矢を抱え上げて膝に乗せる。別荘が出たことで興味を持った蒼矢は、翡翠の胸に背中を預け、視聴の姿勢に入った。

七人が別荘に到着し鍵を開けると、リビングに死体が！

「ここ、おんなじだあ」

朱陽がソファから降りてカーペットを叩く。確かに同じ柄のものが敷かれてある。

「ね、こうやって！　こうやって！」

朱陽は死体のまねをしてカーペットの上に転がった。テレビの死体は胸にナイフが刺っているが、そこまでは真似できない。

何度も映像を見ている白花は、他の子たちが途中でどんなツッコミをいれても鷹揚《おうよう》なのだ。「そーねー」とか「こわいねー」とか余裕の相槌《あいづち》で返している。

ここまで来てようやくタイトルが出て、そのあと警察官である本木貴志が署内で同僚と仕事をしているシーンになった。

このシリーズでは本木貴志は警官でありながら名探偵というかかなり無理のある二つの顔を使い分けている。

警官のときは少々ドジでおっちょこちょいな愛されキャラクター、探偵のときはクールでかっこいい憧れキャラクター。

白花のお気に入りはもちろん名探偵の方のタカシちゃんだ。

さて、場面は変わって別荘。部屋の中の死体は今日は来られないと言っていた友人だった。大学生たちは警察に連絡しようとするが、なぜか携帯はすべて「圏外」と表示され、おまけに雨のため、川が増水し、唯一の橋が流されて孤立無援《こりつむえん》になってしまう。

別荘の持ち主カナコさんは他に道がないと断言する。

「かわー？　なかったよねー」

朱陽が窓の方を見るが、今はカーテンが閉められていて確認できない。

「お話の設定上の川だ。実際はこのあたりにはあんな流れの激しい川はない」

「じゃー、うそじゃん」

翡翠が答えると蒼矢が不満そうに言った。

「そやで、そうちゃん。嘘でよかったろ？　ほんまにここで人が死んどったら……どないするん？」

紅玉が意地の悪い笑みを見せると、蒼矢は「いーっ」と歯をむいて、背後の翡翠の胸に背中を押し付けた。

大学生たちはとりあえず死んでいた子を地下室へ隠し（ここで朱陽は「ちかしつー！」と騒いだ。実際には別荘には地下室はない）、夕食をとるがそのシーンでまた一人死ぬ。

そのあとも夜の別荘を誰かが歩いていたり、部屋のドアがキーッと開いたり、階段がギシギシ軋《きし》んだりと、オーソドックスなホラーの描写が続いた。

蒼矢は両手で顔を隠して怖いシーンを見ないようにし、翡翠に「おわった？　おわった？」と聞いていた。

朱陽はあまり怖がらなかったが、大きな音がしたり、女の人の顔が急にUP《アップ》になったりすると、「びっくいしたー！」と大声を何度もあげていた。

玄輝は怖いシーンになると眠っている。

やがてドラマも後半になり、生き残った四人が別荘から脱出する。

増水した川を超えて山道を歩きだすが、早々に別荘の持ち主カナコさんが滑落《かつらく》。そのあと土砂崩れで二人が行方不明。最後に残ったヒロインが別荘に戻ると、そこには名探偵の本木貴志が！

「きゃー！」

白花がテレビ画面に向かって拍手する。

「え？　ちょっと待って！　陸の孤島《ことう》になって誰も出られない、来られないって設定だったんじゃないの？」

さすがに梓も驚いて画面を指さす。紅玉も「そうや、おかしいわ」と声をあげる。それに翡翠と白花は顔を見合わせてにんまりした。

画面の中では本木貴志が落ち着いた態度で謎解きをしている。つまり、

『行き止まりだと思ってらっしゃった裏山には道があったんですよ』

「反則やないの！」

紅玉が手首を返して裏拳で画面につっこむ。

『裏山には進めないと言っていたのは別荘の持ち主ですよね、つまりあなたが犯人です』

本木貴志のセリフにヒロインが驚いて振り返ると、そこにはびしょ濡れになって髪を振り乱したカナコさんが立っていた。彼女は死んだと見せかけて崖を昇り、土砂崩れを細工したのだ。

カナコさんは包丁を振りかざしてヒロインに迫る。そこを本木貴志が華麗なステップで助けにはいる。

「タカシちゃん、かっこいい……」

何度も観ているはずの白花がうっとりと呟く。

携帯電話を圏外にしたのも、川の増水を利用して橋を流したのも全てカナコさんの仕業《しわざ》、という説明と動機の解明があって、やがてドラマは最後のシーンに。

それは別荘の二階のバルコニーで本木貴志とヒロインが朝日を見つめている、というものだった。

カメラはどう見てもヒロインより本木貴志の方に力をいれて撮っている。朝日を受ける本木貴志の横顔は梓から見てもかっこよくてきれいだった。

白花を横目で見ると、とろけるような笑顔で画面を見守っている。

エンディングにテーマ曲が流れキャストやスタッフの名前が映し出される。

白花はテーマ曲を一緒に口ずさみながら最後の監督の名前までしっかりと見送った。そしておもむろに梓たちを振り返る。

「あじゅさ……おもしろかった？」

その目は真剣だ。嘘は許さないという気迫が伝わってくる。

「う、うん。面白かったよ。別荘の夜のシーンは怖かったね」

「タカシちゃん……かっこいいでしょ！」

「そうだね、かっこいいね！」

白花は「んふー」と満足げに笑う。

「しらぁな、やっぱりたんてーさんになろうかな……どろだんごたんてー……ぶきはどろだんご……」

「待って、探偵さんは武器いらないよね？」

白花の呟《つぶや》きにあわてて梓が止めに入る。

「わるものやっちゅけるとき……つかう……。だからいつもじむしょでみがくの」

白花は泥だんごを磨く手真似《てまね》をしてみせた。白花の探偵熱はますますあがってゆく。しかし、ドラマの影響か、殺人事件を一種のイベントとして見ているところはちょっと注意しないといけない。

だが、にこにこと満足そうな白花の笑顔に水をさすことは梓にもできなかった。

「しかし、川に落ちた振りで崖を昇って土砂崩れを起こすって……どんだけタフな犯人なんや」

梓の横で紅玉がぼそりと呟く。白花に遠慮しているのか、声は小さく視線は翡翠に向いていた。

「おまけによく雨が降る季節やからって、そんなお天気頼みな犯罪ってありえんやろ」

「原作ではからだを鍛《きた》えるシーンがあったり、条件が揃わなければ犯罪を起こさないという、犯人の揺れ動く心理がよく描かれていたんだが、二時間ドラマでは少し無理があったかもしれんな」

翡翠が弁解するように言う。

「別荘のホラー部分に時間をかけ過ぎたのは認める。監督がもともとホラー畑出身らしいのでつい力が入ったのだろう。原作では数ページだったのを膨らませすぎた、認める、認めよう。人間ドラマ部分が薄れてしまったとは思う。だが、演出的にいろいろと凝《こ》ってエンタメ作品として面白いと思う」

言い訳を始めると、とたんに長くなって余計な蘊蓄《うんちく》をいれてくるのはオタクの悪い癖だ。

「……まあ退屈はせんかったわ」

紅玉は白花が真っ黒な動かない目で見つめているのを意識しながら言った。

「蒼矢が眠ってしまった。このまま私が抱いて部屋に連れてゆこう」

翡翠は自分の腕の中で眠ってしまった蒼矢を抱き上げて言った。

「テレビでさんざん悲鳴が上がっていたのによく眠れるなー、そうちゃんも」

「今日、はしゃいでましたからね」

「げんちゃんが起きているのが奇跡やね」

ソファの上の玄輝は紅玉を見上げて親指を立ててきた。ドラマの怖いシーンが終わってからはちゃんと目を開けていたのだ。

「ヒロインがお気に入りやったか?」

そう尋ねるとむつかしい顔をして重々しくうなずく。

「朱陽も限界みたいですね」

朱陽は白花の横でこっくりこっくり頭を動かしていた。

「あーちゃん、でーぶいでー……おわったよ」

白花が声をかけると朱陽ははっと目を開けた。

「あれ? タカシちゃん、おわっちゃったの?」

「……もっかいみる?」

そんな朱陽にもまったく怒らず、いそいそとプレイボタンを押そうとする白花を梓は止めた。

「白花、もう遅いからまた今度にしようね。朱陽にはあとでお話ししてあげて」

「……ん」

白花は名残惜し気に立ち上がると朱陽の両手をひっぱった。

「おふとんのなかでおはなししたげる……」

「ん!」

梓は子供たちを連れて二階にあがった。

別荘には寝室が三つあり、ベッドが二つずつ用意されていた。そのうちの一室を子供部屋として使い、一つのベッドに二人で寝てもらう。

玄輝は先に眠ってしまった蒼矢を珍しそうに見ながら毛布をかけてぽんぽんと叩く。白花と朱陽は一緒に布団の中にもぐってくすくすと笑っていた。

「ここは子供だけのお部屋だよ。ちゃんと眠れるかな？　夜中に怖くて泣いたりしないかな？」

「ねむれるー！　へーきよ！」

「だいじょぶ……」

玄輝は目線だけをよこして一度ゆっくりとまばたきした。

「じゃあみんなおやすみ」

家では梓も一緒の部屋で寝ているので、これが初めての子供たちだけの夜になる。ほんとに大丈夫かなと思わないでもないが、別荘という特別な場所なので、子供たちも楽しそうだった。

「梓ちゃんの方が寂しかったりして」

不安げな様子を見てとったのか、紅玉がからかってきた。

「へ、平気ですよ。それより紅玉さんと翡翠さん、同じ部屋でいいですか？」

「かまへんよ。そういえばヒトのベッドで寝るのはずいぶん久しぶりや」

今まで紅玉も翡翠も夜になれば姿を消していたので、二人と一緒の屋根の下というのは初めてだ。

「私は時折ホテルに泊まったりしているぞ」

翡翠が自慢気に言う。

「なんでや、そんなん必要ないやろ？　そこらへんの川ででも潜っていれば」

「私は河童か？　ホテルに泊まることが私のイベントなのだ」

「どういうこと？」

「ミステリーの舞台になったホテルやロケで使われたホテルに泊まるのだ。先日泊まった満月ホテルは素晴らしかったぞ。ホテルの大浴場がメインの殺人現場なのだが浴場への道は一本きりで完全な密室が作られている。露天風呂から外に出られると思うだろ？　ところが露店風呂は崖に張り出していてとてもじゃないが生身の人間が逃げる余地は……」

「梓ちゃーん、やっぱり僕と翡翠の部屋分けてー」

三

その夜、梓はずいぶんと久しぶりに一人で眠っていた。子供たちは子供たちだけの部屋に、紅玉は文句をいいながらも翡翠と一緒の部屋に入ってくれた。

部屋にはベッドが二つあったのでくっつけてダブルベッドにしてみたら、と紅玉に言われたが、シーツや布団を汚したくないと片方だけで寝ている。

我ながら貧乏性だとは思うが、シーツをはがして洗濯して干してまたシーツを敷くという一連の手間がぱっと頭に思い浮かんでしまうのだから仕方がない。

昼間にじゅうぶんに太陽に当てたとはいえ、布団からはまだ多少かびっぽい匂いがする。子供たちは気にならないだろうかと考えながら目を閉じた、の、だが……。

「眠れない……」

池袋の我が家では布団にはいると一、二、スヤァ……ッとばかりに眠ってしまうのに、頭の隅がキンキンに覚めていて目を閉じていることができない。

（なぜだろう？　疲れていないわけじゃないのに。え？　これが枕が変わったら眠れないってやつなのか？）

それともやはり今日は家事をほとんどしなかったせいなのだろうか、とも考える。

掃除は翡翠さんと紅玉さんがやってくれたし、昼ご飯は新幹線で駅弁だったし、夕食のバーベキューは野菜と肉を切るだけで、食器は紙皿にプラスチックのカトラリーにコップ。すべてまとめてゴミ袋に放り込んでおしまい。

あまりにも楽すぎる別荘ライフ。こんなに楽をしてバチがあたるんじゃないかと思っていたがこんな形で現れたか！　所詮一般人にすぎない俺がこんな身の丈《みたけ》にあわない贅沢をするから……っ！

神の子供を預かっている時点ですでに一般人ではないことを忘れて布団の中で悶々《もんもん》としていると、どこか下の方でかすかな音が聞こえた。カタリ、と固いものを動かすような音だ。

梓はベッドでごそごそ動くのを止め、じっと耳をすませた。……なにも聞こえない。

気のせいか、と眠りを待つ体勢に入ると、再び音が聞こえた。

（気のせいじゃない）

梓は起き上がり、ベッドから降りた。

そっとドアをあけ、暗い廊下を進む。階段の手すりが見えたところで、いきなり先刻観たＤＶＤの内容を思い出す。

階段の下から白い手が出てきて……。

（なんでそんなこと思い出しちゃうんだ！）

元々ホラーが苦手なのだ。あのドラマも夜の別荘部分はかなり怖かった。子供たちがいたからなんとか平気な顔はしていたが。

（大丈夫だ、大丈夫。そもそもこの別荘ではだれも死んでないし）

カタリ、とまた階下から音がした。梓は息を大きく吸うと、息を詰めたまま階段をおりた。真っ暗なので手すりをぎゅっと握る。

一番下までおりたとき、ようやく息を吐いた。

音はさっきよりよく聞こえる。

やはり何かいるようだ。

どうやらキッチンの方らしい。梓はそろそろとそちらに近づいた。

カタカタ……ガタン。

音からして引き出しをあけたり箱に触れたりしているようだ。

（あ、待てよ。もしかして狸《たぬき》とか狐《きつね》とか……熊《くま》だったらどうしよう）

動物がだれもいない別荘や山小屋に侵入したというニュースは見たことがある。

（な、なにか武器があれば）

キッチンに入る壁からそっと顔を出そうとしたとき。

「なにかいるのか」

いきなり背後から声をかけられた。

「うわああっ！」

翡翠が首だけで浮いている。思わずあげた大声にキッチンの中のものも驚いたのか、どんっと大きなものがひっくり返った音がした。

「ひ、翡翠さん！　急に顔を出さないでくださいよ！」

「いや、なにか物音がしたので、ねずみならしとめようかと」

「先に俺の心臓がしとめられましたよ！」

梓は壁に手を伸ばしてキッチンの明かりをつけた。

天井のLEDライトの光の下にさらされたのは、薄汚れたスーツを着た中年の男だ。顔の下半分がひげに覆われ、髪も中途半端に延びている。もとは白かっただろうシャツは黒く汚れ、来ているスーツもボタンがとれていたり縫い目がほつれたりしている。

「貴様！　何者だ！」

翡翠が顔だけで叫んだ。男は首が宙に浮いている翡翠を見て、ぽかんと口を開けた後、ぐるりと白目を剥き、そのまま仰向けに倒れた。

「あ、ちょ……ちょっと！」

梓はあわてて男の元に駆け寄ると、その体を揺すった。

「大丈夫ですか、気をしっかり」

「――なんやの、こんな夜中に」

紅玉も下に降りてきた。キッチンの床でのびている見知らぬ男と、首だけで浮いている翡翠を交互に見て状況を理解したらしい。ぱしゃんと翡翠の頭をはたいた。顔が半分弾け飛ぶ。

「横着《おうちゃく》せんでからだも作れ。目を覚ましてもまたぶっ倒れるやろ」


梓と紅玉は男をリビングに運んだ。全体的に汚れてはいるが、スーツもネクタイももとは上等なもののように見える。からだが冷え切っていたので、ソファに寝かせて毛布をかけてやった。

「梓ちゃん、紙コップに水いれてきて。あとコーヒーを」

紅玉に言われたとおり水とコーヒーを持ってくると、紅玉は紙コップにちょいと指を触れさせた。とたんに水がお湯に変わる。それにインスタントコーヒーを溶かして男の鼻先にかざしてみた。

「うーん……」

男は小さくうめくと鼻をひくりと動かす。

「コ……コーヒーはイエメンのモカを……深煎《ふかい》りで……」

「すみません、ネスカフェなんですけど」

声をかけると薄目を開けた。少しぼんやりしたような目が、梓、紅玉と見て、翡翠のところで恐怖に見開かれた。

「うわっ、首、首が……」

逃げ出そうとソファの上でじたばたと暴れる。

「失礼な。今はもう全身ついているぞ」

翡翠はパンパンと自分のスーツの胸を叩いて見せた。男は上から下まで顔を動かして翡翠を見た。

「あ、ああ……」

男は息をつき、パタリと再びソファに頭を落とした。

「クビになったことばかり考えていたから……夢を見たのかな……」

梓はコーヒーのはいった紙コップを差し出した。

「どうぞ。あったまりますよ」

「ありがとう……ございます」

男は起きあがるとコーヒーを両手で受け取った。

「すみません、勝手に入り込んだのに」

「そうそう、あんた何者なんや？」

「……」

男はふうふうとコーヒーに息を吹きかけ、それを一口飲んだ。

「私は甲斐《かい》と言います。東京で仕事をしていたんですが……リストラされてしまって……」

甲斐は小さな声でぼそぼそと話した。

「このさいだから独立して起業しようとしたんですが……詐欺《さぎ》にひっかかって退職金もすべて失ってしまって……」

白いシャツ、スーツにネクタイ、革靴。これが今の彼の全財産なのかもしれない。

「死のうと思って……昔持っていた別荘のあるここまで来たのですが……どうにも腹が減って……。でもこの時期別荘地にくる人もあまりいなくて、それが今日、この家に明かりがともっていたものですから」

「死のうと思ってここまで来たのに、おなかがすいて忍び込んだんやね」

「お恥ずかしいはなしですが」

甲斐は本当に情けなさそうな顔をして、首をすくめた。

「それならまだあんたは死ぬ人間やないんや」

紅玉は立ち上がるとキッチンに行って、戻ってきたときには手にパンをいくつか持っていた。

「あんたのからだは生きようとしとるんや。いろいろつらいことがあって絶望しとっても腹が減る。腹が減るちゅーことは、食べたいってことや。食べたいから行動に移した。その力があるならあんたはまだ大丈夫やよ」

「大丈夫……」

甲斐は不満そうに繰り返した。

「なにが大丈夫なんですか。大丈夫なんて言葉、大嫌いです。私をだましたやつも何度も言ってました、大丈夫、任せて、うまくいくって」

「梓ちゃん、ウインナとかハムとかもまだあったやろ？　持ってきて」

「はい」

紅玉に言われて梓はキッチンに向かった。冷蔵庫には明日の朝食べようと思っていた食材が入っている。その中からすぐに食べられそうなものを選んで持ってきた。

「腹が減ってもそれ以上動けん人間もおる。身体的にだったり状況的にだったり心理的にだったり。でもあんたはまだ動けるし意志もあるんや。死ぬには早い」

紅玉は梓から皿を受け取り、それをパンと一緒に男の膝の上に乗せた。

「でも私はすべてを失ったんですよ。こんな私になにができるっていうんです」

「生きたい生きたいと願いながら死んでいった人間を、僕らはたくさん見とる。この梓ちゃんかて、子供の頃にお父さんを亡くしとる。お父さんは、梓ちゃんが大きくなった姿を見たかったやろうな。生きていればそれができる」

「……」

　甲斐が向けた視線に梓は微笑んで返した。

「甲斐さんは、おひとりなんですか？」

「……いや、私にも息子が……。離婚した妻に預けてあるが」

　甲斐はうつむいて皿の上のハムやパンを見つめた。

「じゃあ死なないでください。俺は父が亡くなったときは小さくてわからなかったのですが、今なら……そう言いたいです」

　入院してそれっきりだった父。最後に見たのは棺の中だ。そんな気持ちを子供には誰にも味わわせたくない。

「あんたはまだ絶望の底までいっとらん。イエメンのモカだっけ？　もう一度それを味わいたいと思わへんか？　死ぬならそのあとや」

　紅玉の優しく穏やかな言葉がコーヒーの香りと一緒に甲斐を取り巻いた。

「……」

「俺も父親においしいコーヒーを教えてもらいたかったですよ」

　甲斐は目をとじた。涙が頬を伝い、汚れを落としてゆく。

「私は……逃げ出しただけだったんだ……楽になりたかっただけなんだ……」

「気持ちはわかるで。やけどな、苦しんだあとの方が楽しみは大きいで」

紅玉はぽん、と甲斐の背を叩いた。甲斐はコーヒーをおかわりしてパンをガツガツと食べる。ハムを食べ、ウインナを食べ、またパンを食べた。

「紅玉、口でだけ慰めても実利《じつり》が伴《ともな》わなければ救済にならない。私はこの男に一仕事してもらおうと思いついたぞ」

「え？」

紅玉と梓は同時に顔をあげて翡翠を見た。

「おまえが？　思いついた？」

「一仕事って……？」

いやな予感がしたが、甲斐は身を乗り出して翡翠を見た。

「な、なんですか？　仕事……仕事をさせていただけるならなんでもやります！」

「簡単な仕事だ」

翡翠はにんまりとドラマの悪役のような笑みを浮かべた。

四

朝になった。

子供たちは昨日の騒ぎも知らぬまま眠っていた。その中で、一番早く目を覚ましたのは朱陽だ。

朱陽は目をあけると自宅ではない天井を見上げた。

（あれえ？　おはながさいてるよ？）

壁には緑色の、天井にはアイボリーの花模様が印刷された壁紙が使用されている。昨日は気づかなかったのだ。

朱陽は起きあがると、白花が隣にいることに気づいた。

「えっと」

少し考える。いつもの和室と違って障子から柔らかな光も入ってこない。窓には青いカーテンがかかって薄暗かった。

「あ、そっかあ」

ようやく思い出した。昨日、別荘にやってきたのだ。

朱陽はベッドを降りて窓に近寄った。カーテンのすそをもって大きく振ると、少し開いた。朝の光が四角く床を照らす。

「えいっ」

もう一度力をこめて引っ張ると全開できた。天井から床までの大きな窓から、眩《まぶ》しい日差しが眠っている他の子供たちに落ちる。

「んーん……」

蒼矢がうめいて布団の中にもぞもぞと潜り込んだ。横に眠っているはずの玄輝の姿が見えないが、おそらくもっと深く潜っているのだろう。

「しーちゃん、しーちゃん」

朱陽はベッドに乗って白花を揺すった。

「ん、……ん?」

白花は薄目をあけて自分を起こしたものを見上げる。

「しーちゃん、おあよーっ!」

「あーちゃん……」

朱陽は布団の上で正座して言った。

「ん、あーちゃんよ! しーちゃん、ここ、どーこだ」

「……べっしょー」

白花はためらいなく答えた。

「なーんだ、しーちゃん、しってたのー。あーちゃん、おっきしたときわかんなかった」

白花も起き上がり、片手で目の周りをこする。だが、視線が窓に向いたとき、ぱちりと大きく目が開いた。

「ばるこにー！」

「えっ？」

白花は窓に飛びつき、鍵をあけた。外向きに窓ガラスを押し開けて、小さな白いバルコニーに飛び出す。

「んふふー」

白花はバルコニーの柵によじのぼり、朝日に顔を向けた。昨日のドラマのエンディングの真似だ。

「ふんふんふーん」

エンディングの曲をハミングする。白花の脳内には今スタッフロールが流れているのに違いない。

「わー、おそときれーねー」

朱陽も白花の真似をしてバルコニーの柵によじのぼった。

「おやまみえるねー」

白花は答えずずっと曲を歌い続け、最後の「このばんぐみはごらんのすぽんさーのてーきょーでおとどけしました」まで再現した。

「ねーねー、しーちゃん。おそといこー。あじゅさ、さがそう」

白花の歌が終わるまで待っていた朱陽が、バルコニーの柵から飛び降りて言った。

エンディングを完璧にこなした白花は満足げにうなずいた。そこへノックの音が聞こえてきたので、朱陽はすぐに部屋の中に戻った。

「だーれえ」

「あーちゃん、しーちゃん、おはようさん」

ドアの向こうには紅玉が立っていた。

「おはよー、こーちゃん！　なんであーちゃんたちおっきしてるってわかったのー!?」

「うん、僕らはあーちゃんたちの気配はいつでも感じとってるからね。ああ、もうおっきしたな、ってすぐわかったよ」

「しゅごーい、あーちゃんはわかんないー」

朱陽は本当に感心したように言った。

「あーちゃんもおっきくなったらわかるようになるよ。で、二人はもう起きるのかな？」

「うん、あじゅさ、どこ？」

「お台所かなあ？」

「じゃあ、あーちゃんおだいどこいくー」

駆けだそうとする朱陽を紅玉は両手で捕まえた。

「待って。まだ準備が……ああ、もういいのかな。えっと、しーちゃんも一緒にいく？」

朱陽は抱き上げられたままじたばたと足を空で動かしている。白花はバルコニーから部屋の中に戻り、白い素足でゆっくりと紅玉に近づいた。

「……いっちょにいく……」

「よっしゃ。じゃあ行こう」

白花は部屋の中を振り向いた。蒼矢と玄輝はまだ布団の中だ。

「げんちゃんたちは？」

「ん、あとで起こそう」

紅玉はそう言ってドアを閉めた。


階段を下りていくとどこからか音楽が聞こえてきた。さわやかな朝にあうような曲ではなく、金管楽器が一本だけ甲高くなっている、どことなく不穏な感じのする曲だ。

「ひーちゃんは？」

朱陽は気にもとめず、トントンと片足で階段を下りてゆく。

「さあ、どこかな。あとで探そう」

「かくれんぼー？」

音楽に弦楽器が加わった。気持ちを焦らせるような急かすようなメロディになる。

「翡翠のやつ……ノリノリやな」

紅玉が呟く。

「のりのり……？　なにになるの……？」

白花がつないでいる紅玉の指先をぎゅっと握る。

「あーちゃん、おのりのおにぎりしゅきー」

「うーんと、ノリノリっていうのはね、楽しくてもっともっとって気持ちになることだよ」

「もっともっと？　のりのりー！」

朱陽はその言葉が気に入ったようだ。繰り返しては笑っている。

「ほら、お台所だ。二人でいっておいで」

紅玉はキッチンの前で二人の手を離した。朱陽はぱっと白花の手を握ると駆けだした。

「あーじゅさーぁ！」

そのとたん、音楽にピアノの鍵盤を両手で叩いたような衝撃音が重なった。

「わあっ」

朱陽は叫んでキッチンの入り口で尻餅をついた。

「だぁれえ!?」

朱陽の後ろからのぞきこんだ白花はのどがつまったような短い悲鳴をあげた。

そこには見知らぬ男が一人、背中をナイフで刺されて倒れていたのだ。スーツは血で汚れ、片方の腕は伸びて指先が血で染まっている。そして床になにか文字らしきものが。

バラララとピアノがうねるような曲に変わった。

「おお！　これは確かに殺人事件だ！」

どこから現れたのか、翡翠が白花の両肩を掴んだ。

「さあ、名探偵白花！　おまえがこの謎を解くのだ！」

ぐいっとキッチンの中に押し出された白花だが、いきなりその髪からバチバチッと白い火花があがった。

「し、白花？」

「いやあああっ！」

白花の悲鳴と同時に天井の蛍光灯《けいこうとう》がボンッと破裂し、冷蔵庫の扉が弾け飛ぶように開く。

電気調理器が明滅し、甲高いアラームを鳴り響かせた。

「白花！　どうした！」

「いやああっ、やだあああああ！　あじゅさー!!」

白花の悲鳴に梓はリビングから飛んできた。

「白花、落ち着いて！　やめなさい、大丈夫だから」

「……な、なんだこれは!?」

床に倒れていた男が驚いた様子で起きあがる。それを見て白花はますます悲鳴をあげた。

「白花！」

梓は白花をぎゅっと自分の胸の中に抱きしめた。

「大丈夫、大丈夫、白花。大丈夫、梓がいるから。梓がいるからもう大丈夫だ」

白花は泣きじゃくっていたがもう火花は出していない。紅玉が電気調理器のエラーを止め、翡翠が冷蔵庫の扉を閉めた。

男は背中にナイフを刺したまま、うろたえた顔で天井を見上げている。

「翡翠さん、蛍光灯の破片、片づけておいてもらえますか？　甲斐さん、怪我はありませんか？」

「ああ、私は大丈夫だけど……」

甲斐はそう言うと目を丸くして自分を見ている朱陽に弱々しい笑みを見せて手を振った。

「やっぱり止めればよかったわー。翡翠のいいアイデアで成功した試しがない」

紅玉が大きくため息をついて、割れた照明を見上げていた。

「ごめんね、白花。大丈夫だよ、誰も死んでいない。殺人事件なんか起こっていないからね」

梓は白花を抱いたままソファに座り、しゃくりあげているからだを揺すった。

「……ほんとに？」

白花は鼻をすする。

「ほんとだよ、あの男の人は甲斐さんと言ってね、死んだ振りをしてもらったんだ」

「しんだふり……」

「白花が探偵になりたいって言っていたから――翡翠さんが探偵ごっこをしようって」

最初は当然梓も断ったのだが、翡翠の熱意に押し切られてしまった。それに甲斐が仕事をしたがったためでもある。

「しらぁな……こあかった……」

白花は涙をぬぐって言った。

「ほんとに……ひとが……ちんでんの……こあい……」

「そうだね」

梓は白花の艶やかな黒髪の、一房だけ白い髪をそっと撫でる。

「人が死ぬのは本当は怖くて悲しいことだね。白花の好きなタカシちゃんのドラマは、あれはテレビの中のお話だから……ほんものの探偵さんも刑事さんも、本当はいつも怖くて悲しいんだよ」

「……」

「白花が探偵さんになりたいって思うのはいいんだけど……なんていうか、殺人事件や人が死ぬことを面白がったり期待したりするのは違うと思うんだ。まだむずかしいかもしれないけどね」

すんすんと白花は鼻をすする。目はまだ濡れていたが、もう涙は出ないようだ。

「……むじゅかしい」

「そうだね」

「むじゅかしいけど……もっとおっきくなったら……わかりゅ？」

梓は微笑んだ。

「うん。白花がわかりたいって思うなら、きっとわかるよ」

白花はコクリとうなずいた。

「しらぁな……たんてーさんになるの……もうちょっとおっきくなってからにしゅる……」

あきらめたわけではないみたいだが、今はそのくらいでいいだろう。梓が笑いかけると白花もようやく笑みを返した。

「……おだいどこのおじちゃん……だいじょぶ？」

「うん、大丈夫。あのナイフは翡翠さんが持ってきていた玩具《おもちゃ》で、血のりも赤いセロファンだからね」

「ひーちゃんの……」

「そう。別荘で探偵ごっこをしたかったのは翡翠さんなんじゃないかな」


その翡翠は紅玉に怒られながらキッチンの床掃除をしていた。

「ガラスのかけら一粒たりとも見逃すなよ！」

「ううう……白花あああっ……私はなんてことを……」

翡翠は眼鏡を水でいっぱいにしながらキッチンの床を雑巾《ぞうきん》で拭いている。

「まったく……BGMまで用意しおって。遊ぶ気まんまんやったんやな」

「だってだがしかし……」

「しかしもかかしもない！　神の子を驚かせて泣かせてしまうやなんて……世話係失格だ」

「白花あああ、私を嫌わないでくれえええええ」

翡翠が悲痛な叫びをあげるたびに、キッチンは水で満たされた。

そのあと玄輝や蒼矢も起きてきて、今日の朝食は庭にビニールシートを敷いて、食べることにした。

見知らぬ男の人がいたので蒼矢も玄輝も驚いていたが、「甲斐さんだよ」と梓が紹介し、甲斐が「こんにちは」と挨拶すると、もう知らない人ではなくなった。

晴れわたった空の下、たっぷりの白いご飯に暖かいお味噌汁。甘い卵焼きとふっくらしらす。容器は紙皿に紙コップだったが、子供たちはいつもと違う食べ方に喜んだ。

「ただの白いご飯がこんなにおいしいなんて」

一口一口を大切に箸で運びながら、甲斐は呟いた。

「おこめ、おいしーね！」

朱陽が遠くから声をかける。

「この辺りは水もおいしいですからね、米がうまく炊けます」

梓は甲斐に味噌汁のおかわりをよそって言った。

終

「おじちゃん……たまごやき、たべりゅ？」

白花が大皿から卵焼きをとってくれる。

「あのね、あじゅさのたまごやきおいしいよ！」

蒼矢がとっておきの秘密を打ち明けるように言った。玄輝は無言でうなずく。

「ほんとうにおいしい……家を出てからこんなに楽しくご飯を食べたのは初めてだ……」

甲斐はご飯を食べている子供たちを見つめる。おいしそうに、幸せそうに食べている。

思わず微笑みが零れるその風景を見ながら涙ぐむ。パチパチと目をまばたかせて涙を払うと、甲斐は猛然とごはんをかっこんだ。

「ご飯がうまいと感じるなら、もうあんたの中に絶望はないな」

紅玉が隣に座って言った。反対側には翡翠も腰を下ろす。

「今朝は迷惑かけてすまなかった……」

「いいえ。お嬢さんを驚かせてすみませんでした」

「あんたのせいやない。こいつがろくでもないこと考えたせいや」

紅玉に冷たく言われて翡翠が首をすくめた。

「まだまだこれから苦労することはあると思うけど、もう死ぬ気はないやろ？」

「はい……とりあえずは軽井沢か高崎あたりで仕事を探してみます。何も持っていないから……なにも怖くありません。なんでもやってみます」

もぐもぐと口の中をご飯でいっぱいにしながら、甲斐は答えた。

「その意気やな」

「落ち着いたら、妻と子供にも連絡してみます……」

「うん。応援しとるで」

「頑張るのだぞ」

紅玉と翡翠は左右から甲斐に声を掛けた。


朝ごはんのあと、甲斐は別荘を出て行った。翡翠は約束したから、と甲斐にいくらかのお金を渡した。何度も頭を下げて、元自殺志願者は去って行った。

「甲斐さん、大丈夫でしょうか？」

その背中を子供たちと見送りながら、梓は紅玉にそっと囁いた。

「大丈夫やろ、僕の加護をつけておいたから、なにか火の関係の仕事が見つかるわ」

「火の関係の仕事？」

考えてみたが見当がつかない。

（焼き鳥屋さん？　焼肉屋さん？　あ、紅玉さんは大阪出身だよね。お好み焼きとかたこ焼きとか？）

食べ物関係しか思いつかない。

しかしどんな仕事でも、生きる力を取り戻したのだからきっと成功するだろう。

「あじゅさー、ねー、あしょぼー」

朱陽が手をひっぱる。

「またどんぐりひろいにいこー」

蒼矢も反対側から引っ張った。

「そうだね。またみんなで森の中にお散歩行こうか」

「待て、羽鳥梓。今度はわたしも一緒に行くぞ」

翡翠が慌てた様子で走ってきた。

「また変なところに召喚されたらたまらん」

「そんな、二度も三度もありませんよ」

「いや、わからん。おまえはワダツミさまにも呼ばれたし、高尾の桜の森でも行方不明になっている。召喚癖がついているのではないか？」

「そんな癖、あるんですか」

「とにかく一緒に行くぞ！」

「梓ちゃん、堪忍したって。たんに子供たちと一緒にいたいだけやねん」

紅玉がお菓子の入ったバスケットを持ってやってきた。

「さあ、みんなで森のお散歩にでかけよう」

紅玉がバスケットを持ち上げて声をかけると子供たちは歓声を上げて走り出した。

「あ、こら、走るのではない！　待つのだ！」

子供たちの笑い声が森の中に響く。木々も枝を開いて招き入れる。

楽しい別荘ライフはまだ続く。子供たちを追いかけながら、梓も自然と笑っていた。

第二話

神子たち、軽井沢の森で遊ぶ

12

朱陽《あけび》とどんぐり

あまり森の奥へいっちゃだめだよ。別荘のお屋根が見えるところで遊んでね。

梓《あずさ》にそう言われていたので、朱陽はどんぐりを拾っているときも、ときどきうしろを振り返っていた。そして緑のとんがり屋根が見えていると安心して先に進む。

「どーんぐりしゃん、どんぐりしゃーん。ぴかぴかまるまるかーいーねー」

でたらめな歌を口ずさみながら少しずつ奥へとはいる。

（おやね、まーだみえてるね）

立ち上がってつま先立って仰《あお》ぎ見る。その拍子に手に持っていたどんぐりがひとつ、ぽろりと飛び出してしまった。

「あっ、あーちゃんのどんぐりしゃん！」

なだらかな傾斜になっていたのか、どんぐりは跳ね上がりながら転がってゆく。

「だめよー、どんぐりしゃん、まいごになっちゃうよー」

朱陽はあわてて追いかけた。

伸びた枝や絡み合った蔓《つる》が、朱陽の動きにあわせて自然に開く。それに気づかず、ぽっかりと開いた通路のような茂みの中に、朱陽は走り込んだ。

そのあとをざわざわと木々が隠し、緑の屋根は見えなくなってしまった。

「あっ！」

懸命に追いかけていた朱陽は、転がる先に小さな沼があることに気づいた。どんぐりはそこを目指して転がっていくようだ。

「あー、だめよだめよー」

叫んだが、どんぐりは勢いよく飛び跳ねて、ぽちゃんと沼にはいってしまう。丸い波紋をみっつばかり作って沈んでしまった。

「あー、どんぐりころころだー」

朱陽はこの間仁志田《にしだ》夫人から習った歌を思い出した。

「おいけにはまってさーたいへん」

朱陽は沼の縁にしゃがみこんで呼びかけた。

「どじょうちゃん、でてきてこんちわってしゅんのー？」

沼の周りには膝丈までの枯れた草がみっしりと生えていた。その草むらをぐるりと取り囲むように背の高い木々が立っている。まるで透明なコップを逆さにして覆ってしまったようだ。

ぷくぷくぷく……と沼の底から細かなあぶくが湧いてくる。

「あっ、どじょうちゃんだ！」

朱陽は地面に手をついてあぶくの底を見ようとした。が、濁《にご》っていてなにも見えない。

「いっちょにあしょびましょー」

そう言ったとたん、水の中から青い顔をした男が現れた。長い二本のひげを鼻の下からたらし、首から下は黒いうろこで覆われ、下半身は魚のようだった。

「どじょうちゃん？」

朱陽は絵でしか見たことがなかったが、こんなに大きくは描いてなかったはずだ。

「どじょうだと？　あんな下等な生き物と一緒にするな」

男はびしょぬれの長い髪を手で払った。髪の色は藻のような緑色だ。

「でもおひげあるよー。えほんでみたどじょうちゃんもおひげあったよ」

言われて妙な男は自分のひげを指先でつまんだ。

「我はどじょうではない。この沼の精だ」

「ヌマノセイちゃん？」

「人間が来るなどずいぶん久しぶりだ……ふふ、しかし人間など所詮どれも同じ欲深な生き物よ。さあ、人間、我の問いに答えよ！……ってきさま、どこへ行く！」

沼の精は背を向けた朱陽にあわてて両手を差しのべた。

「どんぐりさがしにいくのー」

「ま、待て！　おまえがこの沼に落としたどんぐりなら、今、我がとってきてやる」

朱陽は振り向いてぱっと沼の縁に戻った。

「ほんとー？　ありがとーセイちゃん」

「ちょっと待っていろ」

そう言うと沼の精は一度水の中に戻った。朱陽は縁に手をついて中をのぞきこんだが、泥が沸き上がってて先ほどよりいっそう見えにくい。

しばらく待っていると再びあぶくが水面で弾け、沼の精が姿を現した。

「さあ娘よ。おまえが今落としたのはこの金のどんぐりか、それともこの銀のどんぐりか」

沼の精は水掻きのついた手の中に金と銀、それぞれに光り輝くどんぐりを持っていた。

朱陽は両方を見比べたが、首を振った。

「ちがうよー、あーちゃんのはもっとぴかぴかしてかっこいいどんぐりだよー」

「なんだと？　金や銀より輝くものだと？」

精は自分の手の中の金と銀のどんぐりを見下ろした。

「そーだよー。あーちゃんのどんぐりかえちてー」

「えっ……っ、あーちゃんの……どんぐり……って」

沼の精はうろたえた様子で沼の中を見回した。

「はっきり言ってどんぐりなんて年中無休で沼に飛び込んでくるから底にやまほどあって……」

「……あーちゃんのどんぐり……とっちゃったの？」

朱陽は不審気な目で得体のしれない精をみる。

「いや、そうではなくて普通のどんぐりなんてたくさんあってどれがどれだか……」

「んー」

朱陽は立ち上がるとズボンの膝をぱんぱんと叩いて、沼の精を見上げた。

「じゃー、あーちゃん、いらなーい。またひろうー」

「え……」

「ばいばーい」

「ま、待て！」

沼の精のからだが大きく伸び上がり、朱陽の頭上に迫った。

「欲深な人間なら沼に引きずり込んで食ってやったのに。しかし我の姿を見られてこのまま返すわけにもいかん。おまえは我と一緒に沼の底に来るのだ」

「あーちゃん、べっしょーにかえりゅのよ」

朱陽は木々の向こうを指さした。

「みどりのおやね、みえないの。みえるとこにいるってやくしょくしたのよ」

「約束など知るか！」

「おやくしょく、まのんなきゃだめでしょー」

沼の精の手が朱陽に伸びた。その手の先が触れる前に、朱陽は小さな炎の球を顔の前に出現させた。

「あっちっち！」

沼の精の指先から飛んだ水が、じゅっと音をたてて消える。

「な、なんだおまえ」

「あーちゃん、もっとおっきなひのたまちゅくれるよー」

朱陽は得意そうに言った。

「けしゅのはへたなのー。でもおみじゅにいれればきえるのね」

沼の精は青い顔をいっそう青く、ほとんど黒くして後退した。

「ま、まて、やめてくれ！　沼に火をいれるのはやめてくれ。こんな小さな沼、あっというまに蒸発してしまう」

「じょーはちゅ！　しってるよ！　おみじゅがきえることね！」

朱陽の言葉を脅しととった沼の精はあわてて水の中に飛び込んだ。

「わかった、我が悪かった！　ほんとは誰も食ってないんだ！　ちょっとからかっただけなんだ！」

「あーちゃん、おやくしょくまもんのよ」

朱陽は腰に手を当てて自慢げに言った。

「わかった、もう行っていい、早く帰れ」

「うん……」

朱陽は空中に浮いた火の玉をじっと見つめた。眉を寄せて睨みつけるようにすると、じょじょに小さくなってゆく。

「ふう」

火をつけるのは一瞬だが、消すのにはやはり時間がかかる。それでも練習して最初よりは早く消せるようになっていた。

完全に消えたのを確認して、腕で額の汗を拭く真似をする。

「じゃーねー、セイちゃん」

朱陽が背を向けて帰ろうとしたとき、こつんと頭に当たったものがあった。振り返るとどんぐりが落ちている。水面には沼の精の姿はなく、声だけが流れてきた。

「おまえのかどうかわからないが、それやる」

「わー」

朱陽はどんぐりを拾い上げた。大きくてまん丸な形をしていた。

「ありがとーねー、セイちゃん。またね!」

朱陽は草を蹴って木々の間に駆け込んだ。あとには誰もいない沼だけが残された。

ぷくぷくぷく、と沼の底からあぶくが湧いてきた。

「どんぐりころころどんぶりこ……」

あぶくが弾けるとかすかな歌声が聞こえた。

「あーちゃん……いっしょにあそびましょー……」

白花《しらはな》とお屋敷

白花は花を摘んでいた。細い花びらは紫色で、真ん中の花芯は黄色い。

それぞれにノコンギクやヨメナという名前はあるのだが、人からはひっくるめて野菊と呼ばれている。

野菊をひとつ摘んで持っていた束《たば》に茎をくるりと巻く。またひとつ摘んでくるり。

そうやって束ねた茎に花を巻いていくと長い花の縄《なわ》になる。それで花冠を作って梓や翡翠《ひすい》にあげようと考えたのだ。

白花はたちあがって後ろを見た。まだ別荘の緑の屋根が見える。

あまり森の奥へいっちゃだめだよ。別荘のお屋根が見えるところで遊んでね。

梓とそう約束した。緑の屋根はお日様にきらきらと光っている。だからまだ大丈夫。

紫色の花は森の中へと誘うようにぽつりぽつりと咲いている。

白花は少しずつ奥へ進んでいった。

「あ」

木の根元に白い花が咲いている。今まで摘んでいた紫色の花とは違う。背も高くて花びらも大きい。

白花は花のそばに行ってそれを見下ろした。

「きれー……」

花びらを手のひらで触る。

「しろいおはなさん……しらぁなもしろいはなよ」

白い花はゆらゆらと首を揺らした。知ってる、と言いたげだ。

白花は紫色の花で作った花冠を見た。これに白い大きな花をつけたら本当に冠のように見えるかもしれない。

「おはなさん……しらぁなのかんむりになってくれりゅ？」

白い花がまた揺れる。これはいやいやと言っているのだろうか？　それともはいと答えているのだろうか。

摘もうかな、と思った指が躊躇《ちゅうちょ》する。この花はこうやって森の中ですっくと立っている姿が美しいと思ったからだ。でも冠に宝石を飾るように、この花を花冠に乗せたい気もする。

どうしようか……と白花は迷った。

「しらぁなさん、しらぁなさん」

そのとき背後から呼びかける声が聞こえた。振り向くと見知らぬ二人の女の子が立っている。

「……だぁれ？」

白花は一歩後ろへ下がった。

女の子二人はよく似ていた。ふたりとも前髪を目の上でまっすぐに切りそろえ、後ろ髪は肩にかからない長さに——つまり白花と同じおかっぱにしている。

赤いワンピースを着ている姿は普通の女の子のように見えたが、奇妙なのはその目だった。白目のない真っ黒な、鳥のように丸い目をしている。

「だぁれ？」

白花はもう一度聞いた。

「まえん、なの？」

何故か自分たちを狙ってくる輪廻《りんね》の輪から外れたものたち。春には蒼矢《そうや》が、夏には朱陽が攫われて、ハロウィンでも騒ぎを起こしている。とても怖い、近寄ってはいけないもの。

「わたしたちはそんなこわいものではありません」

白花の表情から察したのか、女の子の一人が言った。

「しらぁなさんに助けていただきたいのです」

「たしゅける……？」

女の子たちは両手を祈るように合わせた。二人の声がぴったりと揃う。

「お願いです。私たちのおうちを助けてください」

「おうち……？」


女の子たちが白花をつれてきたのは、立派な洋館だった。三角の屋根を持つ塔がふたつもついていて、階段をあがった先にある入り口は、バスが通れるほどに大きい。

ギイイと大きな音がして扉が開いた。

玄関を入るとダンスパーティができるくらい広いホールになっていて、右と左から階段が流れ落ちるように作られていた。

立派なのは玄関だけではなく、案内されて歩いた各部屋も広く、天井が高い。

だが、それらの部屋はすべて白い布で覆われていた。床も家具も壁も、全部。いや、布ではない――

「おくつ……べたべたする……」

白花は床から足を持ち上げた。靴の底に白い糸が張り付き、動きにくい。

部屋中を覆っている白い布は、すべて細く粘っこい糸でできていたのだ。

「私たちのおうちの命が消えてから、こんなふうになってしまったんです」

「魔物がおうちを乗っ取ってしまったんです」

女の子たちは悲しげに身をよじった。

「しらぁなさん、おうちに命を吹き込んでください」

その言葉に白花は驚いた。手にした花の縄をぎゅうっと握りしめる。

「……しらぁな、そんなことできない……」

「いいえ、いいえ！　しらぁなさんにならできます！」

「一緒におうちの命のあるところまで来てください」

どうしよう。命を吹き込むなんて、そんな難しいことできない。別荘の緑の屋根ももう見えないし、梓が心配してしまう。

「しらぁな、……かえりゅ……」

白花はぱっと身を翻して部屋から飛び出した。だが、玄関ホールで追いつかれ、二人の少女に両側から引きとめられた。

「しらぁなさん、そんなこと言わないで！」

「おうちを助けてください！　しらぁなさん！」

「しらぁな、できない……」

白花は腕を振ったが女の子たちは離してくれなかった。

「お願い、しらぁなさん！」

「おうちを助けて！」

「いや……はなして……」

白花は怖くなり目に涙を浮かべた。髪の毛の先がパリパリと火花を帯びる。

「やめなさい」

そのとき、階段の上から静かな声が落ちてきた。

「おにいさま！」

女の子たちが揃って声をあげた。

「わがままはいけません。無理矢理つれてこられてしらぁなさんもお困りですよ」

階段を降りてきたのは金色の髪をした美しい男の人だった。長いガウンを羽織り、森で見た花のように白い顔をしていた。

白花は絵本で見た王子様を思い出した。その金色の頭の上に冠が乗っていないのが不自然なほどだ。

「申し訳ありません、しらぁなさん。妹たちを許してやってください」

粘つく白い糸に足を取られながらも、男の人は階段を降りてきて、白花の前で頭をさげた。

「えっと、……えっと、しらぁな、だいじょぶよ……」

白花はもじもじしながら答えた。世の中で一番かっこいいのはタカシちゃんだが、この男の人は特別にきれいだ。

「僕はこの子たちの兄です」

「おにいさん……？」

兄だと名乗る男の人は、ちゃんと人のような目をしていた。蒼くキラキラと輝くような目だった。

「はい。僕たちはこの屋敷でご主人さまのお帰りをお待ちしているのです」

「ごちゅじん……しゃま？」

「ええ。このお屋敷を作って僕たちを住まわせてくれたご主人さまです。もうずっと長い間お帰りにはならないのですが、きっと戻ってきてくださいます。それまで僕たちはこの屋敷を守らなければならないのですが……」

お兄さんは悲しげに白い糸で覆われた屋敷の中を見回した。

「屋敷の命が消え、明かりが消え、こうやって魔物に入り込まれてしまいました。明かりさえ戻れば、きっと魔物も退散するのですが……」

「あかり……」

白花も周りを見回した。広い玄関ホールには大きなシャンデリアが下がっている。だがそれも白い糸で覆われてうっすらと外見が見えるだけだ。

「おうちのいのち……しらぁなになんかできるの……?」

お兄さんの顔がぱっと輝いた。

「助けていただけるのですか!?」

ぎゅっと両手を握られ、白花はドキドキした。

「……しらぁな、わかんない……」

「できます！　しらぁなさん、お願いします！」

白花はお兄さんに連れられていったん屋敷の外へ出た。外に広がる緑の芝生の上にも白い糸は膜のように広がっている。

屋敷をぐるりと回ると、小さな小屋があった。壁に大きな車輪が取り付けられている。

「あれは水車です。でもこの場所には川は流れていないのでただの飾りですね」

お兄さんはそう説明してくれた。

「屋敷の命はあの中に置いてあります」

お兄さんは小屋に近づくと、白花に向かって唇に指を当てた。

「実は魔物はこの中に巣くっているのです」

白花は顔をしかめた。なぜそれを早く言わないのか。

「いのちといっしょに……？」

「ええ。なのでなんとかして魔物をこの中からおびき出します。僕が囮《おとり》になりますので、そのすきにしらぁなさんは中にはいって命を助けてください」

オトリという言葉は知っている。敵をひきつける役目だ。

「……だいじょぶ？」

「はい。捕まらないように気をつけますので」

お兄さんは静かに小屋の扉を開けた。細く開いた隙間からお兄さんと一緒に白花も中を覗いた。

「……あれ、が、まもの……？」

小屋の奥にいるものを白花は見たことがあった。目がやっつあって足も八本。全体が灰色で、短い毛が生えている。胴体は丸くてお尻から糸を出し、きれいな網を作ってするするとすばやく動くもの。

「くも……」

しかし大きさが違う。

家や外で見る蜘蛛はどんなに大きくても親指の先くらいだ。なのにこの蜘蛛は翡翠が運転する八人乗りの自動車ほどの大きさがある。

「おっきい……」

「命はあの魔物の後ろにあります。しらぁなさん、お願いします」

「……」

白花はこっくりうなずいた。蜘蛛だとわかれば恐ろしいとは思わなかった。ただ、『命』というものがあったとして、いったいどうすればそれを助けることができるのか、わからない。

けれど、女の子たちもお兄さんも白花にならできると言う。

「しらぁなならできる……」

できると言うのならやってみよう。見たらわかるかもしれない。

「こういうの……なんていうんだっけ……」

タカシちゃんのドラマでもこんな状況があった。どうすればいいかわからないけれど、そのときになったらちゃんとできること。

タカシちゃんがよく言っているセリフ。

「しらぁなさん、行きます」

お兄さんが言った。白花はお兄さんに持っていた花冠を差し出した。輝く金髪にはやはり冠がないと収まらない。

お兄さんは少し驚いたような顔をしたが、微笑んで受け取ってくれた。輪にしたそれを頭に乗せ、落ちないようにぐっと押し込む。

金色の髪の上に紫の花冠がよく映《は》える。

「にあう……」

白花は音をたてないように小さく拍手した。お兄さんは照れ臭そうに笑うと、改めて扉に手を掛け、大きく開いた。

暗い小屋の中にさっと光が射しこむ。その光が奥にいる蜘蛛を照らし出した。眩しかったのか、蜘蛛の化け物はさっと足を動かして顔を覆った。

「出てこい！　今日こそ決着をつけるぞ！」

お兄さんが大きな声で叫んだ。そして身を翻《ひるがえ》すと屋敷の方へ走り出した。

蜘蛛が動いた。八本の足がぶるっと震えたかと思うと、意外なほど軽やかな動きで入り口を通り抜ける。

白花は扉の外側にぴったりと張り付いて、お兄さんを追いかけてゆく大蜘蛛の後ろ姿を見ていた。

さくら神社の神使の供羽に、蜘蛛はとても賢い生き物だと聞いたことがある。昆虫と違って頭とおなかしかないので脳がとても大きいのだと。しかし、隠れている白花には気づかなかったらしい。

「だいじょぶ……」

白花は急いで小屋の中に入った。あの蜘蛛の後ろに『命』がある。この屋敷の『命』、明かりをともし、魔物を追い払う『命』。

「おもいだした……タカシちゃんのセリフ」

白花は白い糸に覆われたそれを見て呟いた。

「あたってくだけろ、……だ」

そこにあったのは巨大な乾電池だった。

「しらぁな、これ、しってる……」

梓が前に見せてくれた。この形の小さいものは懐中電灯の中やガスコンロの中に入っている。時計の中にもリモコンの中にも入っていた。線でつながっていない電気で動く機械の中にはみんな入っている。

「かんでんちちゃん……。でんき……つくって、ためとくもの」

しかし先ほどの蜘蛛と同じように、見たことがないほど大きい。白花が両手を広げても抱えることができない。

白花は乾電池のでっぱっている部分――プラス極に手を触れてみた。ひんやりとしたそれは電気の力を感じない。

「からっぽだ」

でも大丈夫。これならわかる。乾電池が切れたとき、白花は電気を送り込んでまた使えるようにしたことがあったからだ。

「しらぁなにできること……！」

白花は両手を電池のプラス極に当てた。

「かんでんちちゃん……今、電気あげるからね」

白花の手が輝いた。

乾電池が電気を起こす仕組みは、乾電池の中にあるプラス極の材料とマイナス極の材料との間での化学反応によるもので、決して中に電気を貯めているわけではない。電池切れという状態は化学反応が起きなくなっているということだ。

白花が乾電池を甦らせる方法は、自然界で起こる静電気や雷の力を自分を通してそこに呼び込むものだ。つまりこの電池の中に小さな雷雲を作っているのと同じだ。

巨大な乾電池は今、電流で満たされ、放出を始めた。屋敷の窓という窓が明るく輝き、その光に触れた場所から白い糸がみるみる溶けるように消えてゆく。

「やった……！」

白花は小屋から走り出た。

「おにいさーん！」

屋敷の方へ駆けてゆくと、大きな玄関の扉が開き、二人の女の子が転がるように出てきた。明かりがついて喜んでいるのかと思ったが、その顔は恐怖にひきつっている。

「しらぁなさん！　お兄様が！」

「魔物に捕まっちゃった！　お兄様が食べられちゃう！」

白花は驚いて屋敷の中へ駆け込んだ。広いロビー、左右に広がる階段があるその広間の真ん中で、大蜘蛛が糸でぐるぐる巻きにしたお兄さんを口にくわえて立ち上がっていた。

「だめえっ！」

白花の髪が真っ白に光って広がる。バチバチバチッと音をたてて火花が散った。その火花がそれぞれ大きな光球となり、いっせいに蜘蛛に襲い掛かった。

以前、雷獣の速光芙《ハヤミツフ》貴《キ》之《ノ》命《ミコト》と電気の制御法を練習したことがある。そのとき、抑えきれない力を光球にして放出する方法も教えてもらった。そのバリエーションだ。

「――――！」

大蜘蛛は全身に弾ける光の球に、音のない悲鳴をあげてのけぞった。口が開いてお兄さんが落ちる。じたばたと足を動かし転がって、大蜘蛛は屋敷の入り口から逃げていった。

「おにいさん！」

白花は床に打ち付けられたお兄さんに駆け寄った。そばには花びらの散った花冠が落ちていた。

「だいじょぶ？　いたい、いたい？」

「だ、大丈夫です」

お兄さんは糸が巻き付いたからだのまま起き上がった。その糸も輝くシャンデリアの光の下でぼろぼろと崩れてゆく。

「ああ、明るい……」

お兄さんが天井を見上げて言った。

「昔のままだ……そう、この屋敷はいつもこんなふうに光にあふれていた……」

お兄さんは床に落ちていた花冠を拾い上げた。

「しらぁなさんのくださった花冠のおかげで僕は勇気が出せました。ありがとうございます」

お兄さんはぼろぼろになった花冠を頭に乗せた。花は大部分散ってしまっている。白花はあとで冠を作り直そうと思った。

「お兄様！」

女の子たちも外から戻ってきた。

「よかった、ご無事だったんですね！」

「ご無事だったんですね、よかった！」

二人はお兄さんにしがみついて泣き出した。

「しらぁなさん……」

妹たちを両腕で抱え、お兄さんは白花にほほ笑んだ。

「ありがとう……これで僕たちはまたご主人さまを待つことができます……」

「ありがとう、しらぁなさん」

「しらぁなさん、ありがとう」

「あれ……？」

白花は目をパチパチさせた。

礼を言う三人の姿がどんどん遠くなっていく。白花はあわててお兄さんに向かって手を伸ばしたが、すぐそばにいたはずなのに触れることもできない。

「ありがとう……ありがとう……」

三人の姿が、あの大きな屋敷が、屋敷の立つ土地が。

遠くなる、小さくなる。

「まって……まって……！」

花冠を。

もっときれいで立派な花冠を作ってあげるのに。

二つの塔のあるお城のような屋敷は、どんどん小さくなって――目の前の机の上に乗っている。

「……あれれ？」

白花は両手で目を擦った。

屋敷がある。それは机の上に乗っている。光がこうこうとついたミニチュアの屋敷。

「あれえ……？」

白花は周りを見まわした。

白花がいるのは木造の小屋の中だ。床は埃で白く汚れている。窓ガラスも曇り、一部は割れていた。長く使われていないもののようだった。

白花は机に手をついて、屋敷に顔を寄せてみた。光は屋敷の中に作られた照明の灯のようだ。

窓の中には小さな家具も揃っていて、中に三体の人形がある。人形はソファに腰掛けたり、ベッドの上に乗っていたりしていた。黒いおかっぱの女の子の人形が二体と、金髪の男性の人形が一体……。

その男性の人形は金色の頭の上に小さな小さな花冠を乗せている。

「うそ……」

白花はよろよろとミニチュアの屋敷から離れた。すぐ後ろにドアがあった。白花はからだをぶつけるようにしてそのドアにしがみつき、力を込めて引いた。外には緑の木々が見えた。

白花は木造の小屋から出ると森の中へ駆けだした。


「調べてみたら、あの小屋は近くの別荘の持ち主が、納屋として使っていたものだったらしい」

別荘に戻った白花は、すぐに梓に自分が体験したことを話した。梓と翡翠がミニチュアの置いてあった小屋へ行き、そのあと翡翠がこのあたりの管理をしている会社に問い合わせをしてくれた。

「小屋の中にあった屋敷のミニチュア……ドールハウスというものらしいが、それは別荘の持ち主の趣味だったようだ。ドールハウスをたくさん所有していて、そのうちのひとつをあの小屋に持っていったらしい。なぜ小屋に持っていったのかは不明だ。誰かにあげるつもりだったのかもしれないが……持ち主はもう亡くなっていて聞くこともできない」

翡翠は聞いた話を説明してくれた。

「おにいさん……ごしゅじんさま、まってるってゆってた……」

「人形には思いが入りやすいからなあ」

紅玉《こうぎょく》が自分にしがみつく白花の頭を撫でながら呟く。

「彼らはずっと待っているのかもしれんな」

電池は白花の力でほぼ永久的に切れることなく電気を生み出し続ける。ドールハウスの照明は消えることがない。

「おにいさん……これからもずっとまつの……？」

「まあ、あのドールハウスがある限りはねえ」

「ごしゅじんさま、こないのに……？　かわいそう……みたい」

「ずっと待っていられるのは幸せかもしれんよ」

おにいさんと妹たちは明るいドールハウスでご主人さまを待つ。ご主人さまが帰ってきて、よく屋敷を守ってくれたとほめてもらえるその日を夢見て……？

「いや、管理会社に言っておいたから近いうちに身内が引き取りにくるだろう」

翡翠が白花の感傷を断ち切るように言った。

「そうしたら彼らも新しいご主人様の持ち物になる。人形は所有されるのが本望《ほんもう》だ。きっとそれで幸せになれる」

「ほんと……？　ひーちゃん」

「うむ、安心しろ」

言い切った翡翠の言葉に白花はほっとした。そうしたらもう二度と蜘蛛に脅かされることもなくなる。ご主人さまを待たなくてもいい。

「よかった……」

お兄さんの優しい笑顔、女の子たちの可愛らしい笑顔を思い出す。

（ありがとう、しらぁなさん）

声が聞こえたような気がした。

「しらぁなね、ほんとはしらはなっていうのよ……」

最後までちゃんと伝えることができなかったな、と白花はちょっぴり心残りだった。

玄輝《げんき》と空の足

あまり森の奥へいっちゃだめだよ。別荘のお屋根が見えるところで遊んでね。

梓にそう言われたがもとより玄輝は遠くへ行くつもりはない。

一一月の森の空気は冷たいが、翡翠が着せてくれたセーターやダウンジャケットに包まれていれば暖かい。首にはマフラー、手にも手袋をしているし、足はコーデュロイのズボンに長靴、毛糸の帽子もかぶっている。

着込みすぎかもしれないと思えるほど丸く膨れ上がった姿のまま、玄輝はよちよちと歩いた。

振り返ればちゃんと緑の屋根は見えている。玄輝はうんうんとうなずいてさらに先に進んだ。これからひと眠りしたいところだが、やはり横になる場所にはこだわりたい。

（あそこがいい）

玄輝が見つけたのは大きなブナの木の根本だ。周囲は絨毯のように緑の苔に覆われ、太陽の日差しに光っている。玄輝は木の下に腰を下ろすと、空を見上げた。

薄いすじ雲が空にかかったカーテンのように見える。太陽の光は遮《さえぎ》られずにまっすぐまぶたに落ちてきていた。

眠りに落ちる前の時間が玄輝は好きだ。あたまもからだもふわふわとして、柔らかなもので満たされる感じがする。

眠っていても不思議と他の三人の兄弟たちのことはわかる。それはまるで夢のようだ。

ほら、朱陽がどんぐりを追いかけていった。

白花が不思議な女の子と会っている。

蒼矢は空に上って鳥と追いかけっこをしている。

彼らは気づいていないが玄輝はいつでも彼らのそばにいた。

少しの不満は、梓がなにをしているかはわからないということだ。

だが、たいていは子供たちと一緒にいるので問題はなかった。

「玄輝、こんなところで寝ているの？」

梓の声だ。

玄輝は目を開けた。梓が真上からのぞき込んでいる。

「ベッドに連れて行ってあげようか？」

それに玄輝は首を振った。

「そら、みてる」

そういうと梓も空を見上げた。

「そうか。きれいな空だものね」

バイバイと手を振る梓を見送って、玄輝はくすくす笑う。

そう、他の子たちのことはわかるが、自分のことはわからない。だから梓がそっと近寄ってくると気づかないのだ。

朱陽や白花と梓が一緒にいれば、彼女たちの目を通して梓も自分も見えるのに、不思議だな。自分のことが一番わからないっておかしなことだね。

玄輝はもう一度空を見上げた。すじ雲の位置が変わっている。風に吹かれて移動したのかもしれない。

おや？　なんだろう？

青い空の中になにかぼんやりしたものが見える。

それはよく知っているもののような気がした。

一番近い形は――そうだ、たしか豆……。空豆《そらまめ》だ。

最初、つめの先くらいの大きさだったのに、今はこぶしの大きさくらいになっている。

それから人の頭くらいに、からだくらいに、いや、もう家くらいに。

つまりこちらに向かって落下してきている？

しかし玄輝は動かなかった。危険な感じがしなかったからだ。夢の中のできごとのように思えるのだ。

ぼんやりしていたそれは今ははっきりとよく見えた。

確かにこれは見慣れたものだなあ、と玄輝は思った。

だってそれは、大きな大きな足の裏だったのだもの。

ずずん……と頭の中に音が響いた。大きな足は玄輝のすぐそばに着地した。

足の裏にはちゃんと足がつながっている。玄輝は寝ころがったままその足の先をたどった。

毛深いすねがあって、丸い膝があって、太股があって。

おっと、もう一本の足がやってきたぞ。

ずずん……。

もう一本の足も着地した。向こうの山の方だ。

玄輝のそばの足が離れた。玄輝は起きあがって足の行き先をみた。

大きな大きな二本の足、太股の上には腰があったが、その上は雲に隠れて見えなかった。

巨大な……巨大ななにか。

(でぇええええぇぇぇーーーー……)

空に音が響いた。

(……だら……ぼぉおおおおおーーーー……)

音はごぉんごぉんと深く響く鐘のようだ。

「でーだらぼー……?」

ゆっくりと巨大ななにかは山をまたいで歩いてゆく。やがてその姿はすべて雲の中に消えてしまった。

「でーだらぼー？」

昼食の時間に紅玉にその名を知っているかと尋ねると、うなずかれた。

「しっとるよ。でーだらぼー、ダイダラボッチとも呼ばれる巨人のことやね。一掴みで山を作ったりするほど大きいんや」

今日のお昼はカレーライス。紅玉はスプーンで玄輝の背後の山を指した。

「浅間山《あさまやま》に腰かけたとか、雲場池《くもばいけ》がその足跡だとか。軽井沢《かるいざわ》にはでーだらぼーの伝説がたくさんあるんだよ」

「紅玉、行儀《ぎょうぎ》が悪いぞ。子供たちが真似をするからやめろ」

テーブルの向こうにいた翡翠から声が飛んだ。

「おっと、かんにん」

紅玉はぱくりとスプーンを口の中に入れた。

「なんや、げんちゃん。でーだらぼー見たん？」

玄輝はうなずいた。

「たぶん、」

「へえ、そっか。姿を見せなくなってずいぶん経つけど、みんなを見に来たのかもなあ」

「げんちゃん、ずっるい！　そんなんひとりでみて！　おれもみたい！」

蒼矢が椅子の上に立って抗議する。

「あーちゃんもみたかったー！」

朱陽の前にはどんぐりがある。池の主にもらったものだろう。

「しらぁなも……」

白花はさっき帰ってきてどこかの小屋に人形の家があったことを話していた。

またいつかみんなで会おうよ。

そんな思いで黙ってほほえんだが、蒼矢も朱陽も白花も、ずるいずるいと騒ぎは続く。

玄輝は小さくあくびをして、スプーンをくわえたまま、眠りの中に逃げ込んだ。

蒼矢と白い滝

「軽井沢には有名な滝がいくつもある。白糸《しらいと》の滝《たき》、千ケ滝《せんがたき》、そして竜返しの滝だ」

翡翠がお昼ご飯のとき、そんな話をした。今日のお昼はカレーライス。翡翠が作るカレーにはいつもリンゴが入っている。

「竜返しってどういう意味なんですか？」

梓が白花のカレーに福神漬け《ふくじんづ》をスプーンで山盛り乗せながら尋ねた。

「その滝は九メートルくらいの滝なのだが、まっすぐに太く水が落ちてかなり激しい。昔、大きな蛇がその滝を昇ろうとしたのだ。鯉《こい》が滝を昇って竜になるように、その蛇も竜になろうとしたのだな」

「鯉や蛇ってそんなに簡単に竜になれるんですか？」

白花はおかわりを要求する。さっき乗せた福神漬けの山がもうない。

「むろん、簡単なことではない。だいたい滝に挑戦しようと思うものなど、百年以上生きたものだけだ。その蛇もかなり大きく、年を経た蛇だった。だれもが蛇は滝をのぼれるだろうと思っていた。だが」

「上れなかったんですね？」

三杯目を要求する白花を牽制《けんせい》し、梓はこんどはらっきょうを乗せた。

「そうだ。蛇はなんども試したが滝を上ることができなかった。それでその滝は竜返しと名付けられたんだ」

「へえ」

白花は乗せられたらっきょうを一粒一粒翡翠の皿に移し替えている。

「白花」

梓に睨まれて、白花は「えへへ」とかわいらしく笑った。翡翠はもちろん、白花のらっきょうをうれし涙にむせながら（らっきょうのすっぱさにだろうか？）食べていた。

それまで黙って聞いていた蒼矢が、ホットミルクのカップをテーブルに置いた。

「それ、おれやってみたい！」


全員で車に乗って白糸ハイランドウエイを通り、アンシェントホテル浅間軽井沢までやってきた。このホテルの駐車場に車をおいて、一五分ほど歩けば竜返しの滝になる、と翡翠は言った。

「あ、白糸の滝もこの近くなんですね」

梓が道に建てられた看板を見て言った。

「ああ、だいたいの人間は白糸の滝の方に行くな。それで満足して竜返しの滝まで行くものは少ない」

道は険しいがちゃんと整備されている。観光客は少ないと翡翠は言ったが、それなりに人気スポットのようだ。

「滝の音が聞こえてきた」

ドドド……と水の流れ落ちる音、脇には透明な水の流れるせせらぎがある。一一月のこの季節になると、周囲は茶色く秋枯れて、葉の落ちた木々ばかりで見通しはいい。少しはまだ葉のついているものもあり、それは鮮やかな黄色だ。

「けっこう大きな木ばかりですね」

「ニレの老木だ。古い森なのだ」

時折茶色い幹に鋭い爪の痕《あと》がある。熊のものだと翡翠が教えてくれた。そういえば熊出没注意の看板もあった。自分の頭上よりかなり高い部分にあって背筋が寒くなる。

ぱりぱりと黄色い落ち葉を踏んで歩くと、やがて滝が見えてきた。

「わあ……」

まっすぐの、白く太い滝だ。力強く、端正な美しさがある。

「ここにも翡翠さんのような水の精がいるんですか?」

神秘的な風情はいかにも厳格な水の精がいるようにも見えたが、翡翠は軽く首を振った。

「いや、ここにはいない。そもそも人に知られるようになったのが最近なのだ」

「最近って?」

「確か大正時代に鉄道が開通してから人がたくさん訪れるようになったと聞いている。それまでは地元のものがときどき涼《りょう》をとりに来てたくらいだろうな」

竜返しの滝、と大きな看板が立っていて、その後ろがいい写真スポットになっていた。看板から滝まではけっこうな距離があり、普通の人は近づくことができない。しかし、

「かっこいい!」

蒼矢は叫ぶとふわりと飛んで滝壺のそばに寄った。滝壺に落ちる水が白く渦《うず》を巻いてい

る。

「へびはこっからのぼったの？」

蒼矢は大きな声で言ったが、滝の音の方が強くて梓たちには届かなかった。

朱陽も飛び上がると蒼矢と一緒に丸く掘り抜かれた滝壺をのぞき込む。いったい、何千年かけてここまでの深さになったのか。

「わあ、おっかないねえ」

朱陽が歓声をあげた。おっかないと言ったわりには嬉しそうだ。

「こわくなんかないよ」

蒼矢がすぐに言い返す。

「おっこちそうだー」

滝壺にまっすぐ落ちる水の流れは確かに体を下方に誘うようだ。

蒼矢は下までさがって激しくしぶきをあげている水面に足の先をつけた。

「つめたーい」

跳ね上がる水を頬に受けて蒼矢が笑う。

「げんちゃんもしらなーもおいでよー」

蒼矢は水の上から二人を呼んだ。白花は川のふちにしゃがみ澄んだ水をのぞき込んでいる。玄輝はひょいひょいと石を伝って滝壺までやってきた。

「げんちゃん、ここのぼれる？」

蒼矢が白い水煙をあげる滝を指さす。玄輝はそれを見上げ、あっさりと首を横に振った。

「おれ、ちょーせんしゅる！」

蒼矢は離れた場所に立つ梓に両手を振った。

「あじゅさー、みててねー！」

そう叫ぶとくるりと回って龍の姿になった。青龍としての蒼矢の体長は約二メートル。その姿でどぼんと滝壺に沈んだ。

「蒼矢、無理しないでね！」

梓が叫んだ。すぐに翡翠が滝のそばに飛ぶ。危険があったら引き上げるためだ。

滝の流れ落ちる水量はかなり多く、蒼矢は滝壺の中で洗濯機で洗濯されるようにぐるぐると回った。その流れに逆らおうとすると、水が岩のように重い。

（まけるもんか！）

岩のように堅く重い水を頭で押しのけ、持ち上げ、蒼矢は滝の中に顔を出した。

（のぼるぞ！）

ぐぐっと背を伸ばす。しぶきの間からちらりと心配そうな朱陽と翡翠が見えた。

（へーっ、き……！）

腕と足をゆっくり、交互に動かす。尾を激しく振り、姿勢を保った。少しでも首が右か左かにぶれると、そこに水が当たって押し返されてしまう。

（あたまで……おしあげて……）

ぎゅうっと目を閉じてからだを上へ持ち上げる。空を、空気の中を飛ぶのは、どんなに風が強くてもここまで抵抗があることはない。

水が巨大な一枚岩になったように頭の上にあった。それに小さな穴を開ける姿をイメージする。

（うえ……うえにいくんだ……！）

頭がガンガンと叩かれる。からだも重い鎖が巻き付いているようだ。

（あっ）

一瞬、息を吐いたとき、からだのバランスが崩れ、蒼矢は水に呑まれた。

「蒼矢！」

滝壺の底の岩に叩きつけられる。目の前に火花が散った。

「蒼矢！　しっかりしろ！」

翡翠がすぐに水からあげてくれた。蒼矢は龍の姿のまま、岩場にぐったりと伸びた。

「大丈夫!?　蒼矢！」

梓が紅玉に抱えられて岩の上まで飛んできてくれた。

（だいじょぶ……）

龍のままで蒼矢は首を持ち上げた。

（もっかい……やる……）

「あぶないよ、もうやめなさい」

（もっかい……だけ……！）

蒼矢は滝を睨んだ。

（まけっぱなしは、いやなの！）

自分を水底に叩きつけたくせに、滝はさっきと変わらぬ姿で流れ落ちている。一矢報いる、という言葉をまだ蒼矢は知らないが、そういう思いになっていた。

「蒼矢！」

梓が叫んだ時には蒼矢は身をくねらせて滝壺に飛び込んでいた。


結局、蒼矢は三回滝に挑戦し、三回とも失敗した。三度目は滝壺から顔を出した瞬間、もんどりうって底に押さえつけられてしまった。

「もう一度やる？」

水から引き上げられたとき、梓がそう聞いてきた。その顔が少し悲しそうに見えたのは、自分が泣いていたせいかもしれない。

蒼矢は龍から人の子の姿に戻って首を振った。

「もうやんない、ちゅまんない！」

蒼矢は両手で顔をごしごしとぬぐった。

「このみじゅきらい！　たきなんかしんない！」

大きな声をあげても滝の水音に消されてしまう。蒼矢はふらふらしながら梓を待たずに車に乗り込んだ。

朱陽や白花、玄輝も追いかけてきて車に乗ったが、みんな蒼矢には声をかけなかった。チラチラと見ては、気まずそうに互いの顔を見合わせる。

「また挑戦すればええねん」

紅玉がそう言って頭を撫でたが、蒼矢は頭を振ってその手から逃れた。

「ここきらい！　もうこない！」

蒼矢は車が動き出しても顔を上げなかった。ずっと車の床だけを見つめ続けた。滝の音はじきに聞こえなくなった。


その夜、蒼矢は眠れなかった。正確には一度眠ったのだが、夜中に目を覚ましてそれから眠れなくなった。

明日は遊園地に行くと梓が言っていた。だから早く起きるのだと。だったらもう眠った方がいいのに。

目を閉じると耳の中で滝がゴウゴウと鳴っているのが聞こえる。

体中を激しく叩く水の痛さ、重さ、冷たさが蘇り、布団の中で何度も寝返りを打った。

ベッドには一緒に玄輝も眠っていたが、蒼矢がどんなに動き回っても目を覚ますことはなかった。

「もう……っ」

蒼矢は布団の上に起きあがった。頭の中がもやもやする。水が叩いた皮膚はいまだにひりひりするし、その下の肉にも重い疲れが残っている。

(なんでのぼれないの)

龍の姿になれば無敵のはずだ。誰よりも早く飛べるし、魔縁とだって戦った。なのに、ただの水の中を泳ぐことができなかった。

たとえば折り紙を折ることは白花の方が上手だ。白花はとがったくちばしをもった鶴《つる》をぴしりと折れる。蒼矢が折ってもごみにしかならない。

それはそれで悔しいが、白花のように折ろうとは思わない。

お絵かきは玄輝が上手だ。お歌は朱陽が上手だ。そんなのは別にいい。

だけどあの滝に昇れないのは我慢ができない。

梓は明後日おうちに帰ると言った。おうちに帰ったらまた今度滝に来るのはいつになるだろう。

蒼矢は窓まで行って空を見上げた。丸い月がでている。この月の下で、あの滝は太く強く水を落とし続けているだろうか。

一度部屋の中を振り向く。朱陽、白花、玄輝……三人はよく眠っているようだ。

そっと窓を開けると冷たい空気が顔を打った。部屋の中は暖房で温められているが、外の大気は氷のように冷たい。

はあっと息を吐くと白い塊になった。

蒼矢はバルコニーに出て窓を閉めた。

「……」

ゴウゴウと耳の奥で滝の音が聞こえる。耳を抑えても聞こえる。

「もっかいだけ……」

ぴしりと尾で床を打ち、蒼矢は龍の姿で空に浮き上がった。

(竜返しの滝、どこ?)

呼びかけると森の木々が応えてくれる。

蒼矢は木々が教えてくれる場所に向かって身をくねらせた。

翡翠の運転する車のスピードより速く、蒼矢は空を飛び、道路に沿い、山の中の木々を潜り抜けた。昼間に来たホテルの横を通り、駐車場をすり抜け、落ち葉を舞い上がらせて進む。

滝の音が近づいてきた。

蒼矢は龍の姿でぐっと拳を握る。

（竜返しの滝、あった！）

夜の中で、滝は月の光を受けて白く輝いていた。まるで一本の太いつららのようだ。

蒼矢は滝の上から下まで何度も飛んだ。近寄ってみたり、離れてみたりした。

しっぽの先で触れると水は弾け飛ぶ。少しの量ならこんなに弱い。なのに滝になると重くて固くて強くなる。

（もう一度滝壺に飛び込んで挑戦するか）

蒼矢は滝壺のそばの石の上にとぐろを巻いた。

（でも昼間と同じだったら……）

滝の音は大きく重く、腹の底にまで響く。水はまったく変わらぬ量で流れ落ちてきている。

虫も鳥もいない。獣も人もいない。ただ月と星だけがある。

滝は一人きりでずっと流れている。

ふっと暗くなった。月に雲がかかったのだ。辺りがま真っ暗な闇に包まれる。

蒼矢は月が出るのを待った。

闇の中で、滝の音だけが響く。

蒼矢はこの滝の最初の一滴《いってき》のことを思った。いったいどうしてここに滝ができたのだろうか。最初からこんなに太くて大きな滝だったのか。

いや、始めはただの一しずく。ぽたりぽたりと滴《したた》っていたに違いない。

一滴一滴、そのしずくがつながって細い流れになりそして少しずつ太くなり。

目の前が明るくなる。風が雲をそっとのけてくれたのだ。右上からすうっと滝に光が戻ってきた。キラキラと滴が輝いて、そして真っ白な水の柱となる。

月と岩肌と白い滝と大きなニレの木々の影。

まるで誰かが揃えたように美しい光景が目の前に現れる。

何百年も何千年も前からここにある姿だ。

(……)

蒼矢の背を何かが駆け上がった。

怖いとは違う、違うけれども似ている。この光景に蒼矢はのしかかられるような気持ちになった。

簡単にこの中に飛び込み、かき回していいものではない。そう思った。

畏《おそ》れ、――だった。

蒼矢が抱く初めての感覚だった。

何千年も変わらずその姿をとどめている相手――自然への敬愛とその偉大さへの畏怖《いふ》。

はあっと息を吸い込む音さえ震えた。

沸き起こった感情の名前さえ知らないが、その気持ちは蒼矢を洗い流してくれたような気がした。

(……またくる)

蒼矢は滝に呟いた。

(もっと大きくなって強くなっておまえのことよくわかるようになってから)

蒼矢は空に飛び上がった。

高く高く、月の真ん中まで飛び上がり、滝に向かって声のない咆哮《ほうこう》を捧げた。


「最後にもう一度滝に行くか？　蒼矢」

朝食の後、翡翠が聞いてきた。

「負けっぱなしではいやだろう」

目玉焼きを焼いていた梓がフライ返しでカシンッとフライパンを叩く。

「翡翠さん、蒼矢を煽《あお》らないでくださいよ」

「煽ってはいない、ただ私は蒼矢の気持ちが収まらないんじゃないかと」

「今日、遊園地に行くんでしょう？　また水に飛び込まれては困ります」

梓の視線を受けて蒼矢はうなずいた。

「おれ、いまは、たきへいかない」

皿の上に乗せられた目玉焼きをフォークで突き刺す。どろりと黄身《きみ》があふれ出た。

「もっとちゅよくなったらいくの」

「そうか、蒼矢。チャレンジ精神は失っていないのだな」

翡翠がばんばんと蒼矢の背中を叩く。紅玉が「いいぞいいぞ」と笑って塩を寄越してくれた。

「そーちゃん、ばんがって！」

朱陽が励《はげ》ましてくれた。白花も二つの拳を握って応援してくれる。玄輝はぐっと親指を立ててきた。

梓は……。

「滝はきっと待ってるよ」

そう言って微笑んでくれた。

「うん！　またしょうぶ、しゅる！」

あの滝の大きさや強さに立ち向かえるだけの心を持てたら。

今まで何匹も蛇が挑《いど》んだように、自分も挑む。

ゴウゴウと耳に残る水の音。飛沫の冷たさも覚えておく。

滝と戦うのではなく、水の流れと一体になって。

「そのときまで、まっててね」

梓に向かって言ったのか、滝に向かって言ったのか、それとも自分の心に向かって言ったのか、蒼矢にもわかっていなかった。

第三話

神子たち、遊園地へ行く

序

「軽井沢には他にも遊べるところがいっぱいある」

翡翠《ひすい》がそう言って車を飛ばしたのは遊園地だ。白糸の滝のもっと向こうの山の中に作られているという。

そういえばまだ子供たちと遊園地という場所に行ったことがなかったな、と梓《あずさ》は思う。東京にも後楽園や花やしき、ちょっと足を伸ばせばよみうりランドや西武園ゆうえんちなどあるのだが。

やはり都心で四人の子供を電車に乗せるというのがハードルを高くしていた。だが、今回山の手線にも乗れたし、新幹線にも乗れたので、次は挑戦してもいいかもしれない。

「ゆーえんち、しってるー！　ゆーしょーがいったことあるってゆってた！」

蒼矢《そうや》が仲良しの男の子の名前をあげた。

「いろんなのりものあるってゆってた。ガイアドライブもいるってゆってた！」

「そうだ、蒼矢。メリーゴーラウンドに観覧車、ゴーカートにゴンドラにアスレチックもあるぞ。もちろんスーパーヒーローショーもだ！」

「おー、すっげーっ」

絶対に内容はわかっていないはずなのに、蒼矢は歓声を上げた。

「遊園地かあ……」

ずいぶん小さなときに行ったきりだ。あれはどこだったろう。海と芝生の芝政《しばまさ》か？　いや、もしかしたら今は営業していないワンダーランドだったっけか。

「梓ちゃんは遊園地行ったことあるの？」

「ええ、父が元気だった時に行った記憶がありますね。でも遊園地より恐竜博物館によく行ってました」

「ああ、福井《ふくい》の恐竜博物館は有名だよね」

そんな話をしているうちに遊園地に近づいてきたのか、やたら看板が増えてきた。

「あーみてみてー」

朱陽《あけび》がシートベルトをくぐりぬけ、窓を全開にして身を乗り出した。

「あれなにー、おっきい！」

「朱陽、危ないからやめて！」

梓はあわてて朱陽のからだを引き戻す。朱陽は梓の腕の中に収まりながらも視線は前の方を向いている。

「ねー、あじゅさ、あれなにー？」

朱陽が指さすものをフロントガラス越しに見て、梓も唇をほころばせた。

「ああ、あれは……あれが観覧車だよ」

「かんらんちゃ？」

そう、すべての遊園地の象徴ともいえる巨大な回転する密室遊具。

色とりどりの箱が星の形をした鉄骨にぶらさがり、ゆっくりと大きく回っている。なぜだろう？　見ているだけで心が弾む。

「観覧車ねえ」

助手席で見上げている紅玉《こうぎょく》が感慨深げに呟いた。

「中にはいってしまえば降りてくるまで景色を見ることしかできないのに、外から見ている分にはとてもワクワクする乗り物やな」

「そ、そうですね」

身もふたもないが実際そういう代物だ。

「なにを言う。観覧車はロマンだ。古今東西、いろいろな映画やドラマで使われているじゃないか」

はて、観覧車の出てきた映画ってなにがあったかな？

「キャロル・リードの第三の男、ウルトラQの二〇二〇年の挑戦、クローバーフィールド、ガールズアンドパンツァー……」

「観覧車が壊れる方が多そうや」

紅玉がニガ笑いで答える。

梓はどの映画も観たことはないが、翡翠の挙げたタイトルだと、紅玉の言うことが当たっている気がする。

子供たちはチャイルドシートから懸命にからだを伸ばして、窓の外を見ようとする。

後部座席の窓に張り付き、あるいは前部シートにしがみついて楽し気な音楽が流れる遊園地が近づいてくるのを見つめていた。

一

駐車場には平日でありながらもたくさんの車が停まっていた。観光バスも何台か駐車している。翡翠は運転してきたバンをするすると器用に空いている場所に停めた。

デフォルメされた動物たちが描かれた賑やかな正面ゲートをくぐると、広大な敷地が広がっていた。

緑の芝生が遠くまで敷き詰められ、小さなＳＬが道路を走り、五階建ての室内アスレチック遊具を備えた木造のお城がある。それにゴンドラ、空中自転車に回転木馬、小さなジェットコースターまである。

マップを見ると、奥の方にはアスレチックコースやキャンプ場まであるらしい。一日では遊びきれないだろう。どのエリアで遊ぶか、目標をしぼっておいた方がよさそうだ。

「すっごーい！」

「すっげー！」

朱陽と蒼矢は興奮してぴょんぴょん跳ね上がり、あやうく空中に飛び立ってしまいそうだった。

「アスレチックはまた後日体験するとして、まずは乗り物に乗ってみたらどうかな」

園に入ってからそわそわしていた翡翠が、さっとビデオカメラを取り出す。

「私にこのビデオカメラが擦り切れるまでかわいい笑顔を撮らせてくれ」

「テープじゃないから擦り切れないですよ？」

律義に梓が突っ込むと、ものすごい顔で睨まれた。

「例えだ、例え！」

紅玉が梓の耳にこそっと囁く。

「翡翠の奴……普段より一〇割増しくらいで鼻息が荒いな」

「……ちょっと気持ち悪いですね」

「あじゅさっ！　あじゅさっ！　あれのる！」

蒼矢は梓の手を引っ張った。指さしているのは小さめなジェットコースターだ。

梓の知っているものに比べたら高さも長さも玩具のようにかわいらしい。動いているの

を見ても、さほど速くはなさそうだ。

「あーちゃんものる！」

「ふうん、ジェットコースターデビューにはちょうどいいかもね。みんなも乗る？」

白花と玄輝に聞くと二人ともうなずいたので、全員でジェットコースター乗り場に行く。

さすがに人気アトラクションなだけあって、子供たちが大勢並んでいた。どの子の顔もこ

れからの体験への興奮と期待が表れ、いきいきと輝いていた。

並ぶ前に青い制服のお姉さんが子供たちを案内している。お姉さんの隣には身長を示し

た立て看板があって、一一〇センチのラインで線が引いてあった。どうやらあの線より低

いと乗れないらしい。

あれ、子供たち大丈夫かな、と梓は心配になった。つい最近測ったときには確か……。

蒼矢と朱陽は手をつないで一緒に列に並び、自分の番を待っている。

「はい、次のお客様」

「あーい！」

朱陽が大きな声で返事をすると、お姉さんは微笑んで、朱陽の頭とラインをさっと手で比べた。

「はい、大丈夫。どうぞー」

蒼矢も朱陽のすぐ後について乗ろうとした。おねえさんが蒼矢の頭に手を乗せる。

「あ、ごめんなさい」

お姉さんは困ったように言って後ろにいた梓に頭を下げた。

「ボク、もう少しおっきくなってから乗ってね」

「え?」

見てみると確かに蒼矢の頭は確かにそのラインに届いていなかった。子供たちの身長を思い出していた梓は「しまった」と唇を噛む。

四人の中では朱陽が一番背が高い、他の子たちはそれぞれ少しずつ小さいのだ。

「なんで!?　あけびはおっけーだったたじゃん!」

蒼矢が朱陽の手を引いてその線に並ばせると、朱陽のふわふわ頭はラインを超えていた。

「うっそだー!　おれだって朱陽とおんなじだもん!　ね、あじゅさ!　おんなじだよね!」

「うーん……」

「なんだ、ほんの一センチほどではないか、せっかく来たのだ、乗せればよい」

翡翠がカメラをかまえたままお姉さんに迫る。しかしお姉さんは穏やかな笑みを浮かべたまま、しかしきっぱりと首を振った。

「規則ですから。お子さんの安全のためにも守ってください」

「わかりました」

梓は答えて蒼矢の手を引いた。蒼矢が信じられない、という顔をして梓を振り仰ぐ。

「おい、羽鳥《はのとり》梓……」

「規則ですよ、翡翠さん。人は規則は守らなければなりません。朱陽と一緒に乗ってください」

それからしゃがんで蒼矢の肩に両手を置く。

「蒼矢、残念だけど、今回は諦めよう。また次の機会を楽しみにすればいい。白花と玄輝も背が足りないようだし」

「ええー、やだっ！　いやだ！」

蒼矢の顔がゆがむ。

「なんであけびはよくておれはだめなの⁉　そんなのやだ、ずるい！」

梓は蒼矢を列から引き出し、後ろの人に頭を下げた。

「すみません、お先にどうぞ」

「やだ、やだ、あじゅさ！　のんの、おれ、のんのー！」

たちまち涙をあふれさせて蒼矢がわめく。その手をひっぱり列から放させる。

「やだーっ！　いやあっ！」

ジェットコースターが音をたてて動き出したが、蒼矢はそれにも気づいていないように泣いている。梓とつないでいた手を振り払い、地面にひっくり返ってばたばたと足を振り上げた。

「おお、こりゃあ見事な駄々《だだ》のこね方だなあ」

紅玉が笑ったが梓にとっては笑い事ではない。「やめなさい」「起きなさい」と何度も声をかけたが、蒼矢は地面の上をひっくり返った亀のように仰向けのまま回っている。

「そーちゃん……」

わんわん泣いていた蒼矢は呼びかけられて驚いた顔で振り向いた。朱陽と翡翠が立っているではないか。

「あ、あれ？　朱陽。乗らなかったの？」

梓が言うと朱陽は大きくうなずいた。

「うん、あーちゃん、そーちゃんとのんのがいいの。そーちゃんとのったほうがおもしろいもん」

朱陽はひっくり返ったままの蒼矢のそばにしゃがみこんだ。

「ねー、そーちゃん。いっちょのほうがおもしろいよねー！　あーちゃん、そーちゃんといっちょじゃなきゃやだ」

　ひくひくとしゃくりあげていた蒼矢は、ぷいっと横を向いた。ごしごしと両手で顔をこする。

「えーなんでー」

「あけびのばか」

「ばかばーか」

　ずずっと鼻をすすり、蒼矢は湿ったまつげをあげる。

「おれ、すぐあけびよりおっきくなるもん」

　朱陽は目をパチパチさせて蒼矢を見つめた。

「うん」

「そしたらあけびがのれないときはおれがおりてやるから」

「うん」

　自分が乗れなくて朱陽が乗れる、というのが悔しかっただけなのだろう。蒼矢の目はまだ赤く腫《は》れていたが、笑顔が戻ってきた。

「いっちょがいーよねー」

　ぎゅっと抱きつかれ蒼矢が照れくさそうに「やーめーろー」と腕を振った。

「おお……朱陽。おまえはなんといい子なんだ。なんというたいたわりと友愛《ゆうあい》……私は、私は、言葉もない」

そんな二人を見ていた翡翠が目に涙を浮かべた。とたんに頭上の空が暗くなり、さあっとごく狭い場所に雨が降ってくる。

「ひ、翡翠さん、泣かないでください、雨が！」

「しかしっ、感動で涙が止まらない……っ！」

「ちゅめたーい！」

朱陽と蒼矢は両手で頭を覆って翡翠に文句を言った。

「ひーちゃん、あめふるからあっちいって」

「そんなあけびいいいいっ！」


ジェットコースターに乗れなくても楽しいアトラクションはたくさんある。

四人はゴーカートを走らせ、ミニＳＬに乗り、コーヒーカップを回し、スポンジボールのプールに飛び込んだ。

遊んでいる子供たちは確かにかわいいのだが、翡翠が撮影禁止の場所にまで出没して撮ろうとするので、梓や紅玉は気苦労が絶えなかった。

お昼ごはんのあと室内アスレチック施設である木造のお城へ移動した。小さな子供も大きな子供も年齢にあわせて遊べるようになっている。

たくさんの階段や滑り台、隠し扉などがある迷路のような造りで、宝箱の中にはスタンプが置かれ、全部集めるとおみやげがもらえるという仕組みで子供たちの興奮を誘った。

子供たちはお城の中で穴くぐりをしたり滑り台ですべったり、ロープにぶらさがって飛んでみたり、思い思いに楽しんでいた。

楽しみすぎて思わず空中に浮かんでしまったり、うっかり変身してしまったりと、梓や紅玉たちが慌てる場面もあったが、概ね問題なく過ごすことができた。

翡翠はそんなときもビデオを回すのを止めず、しまいには紅玉に取り上げられ、また局地的な雨を降らせていた。

「一日たつのはあっという間やな」

西の空がうっすらと赤くなってきた。空も全体的に暗い。園内のそこかしこでイルミネーションが輝きだした。

「夏ならもう少し遊べそうですけど……暗くなるのが早いですね」

空にも一番星が見える。

「そろそろ帰らないとね」

梓がそう言うと子供たちはいっせいに「えーっ」とごねる。

「もっかい、もっかいだけ！」

蒼矢は叫ぶとロープで編んだネットを猿の子のようによじのぼった。朱陽も丸太のブランコに乗って大きく揺すり始める。白花は長いビニールの筒に入り込み、玄輝は丸いボールの上に腹ばいになって眠っている。

「もっかいもっかいって蒼矢はキリがないじゃないか」

「もっかいだけー！」

もう一回を何度も繰り返す蒼矢に、梓は少しだけ語気を強めた。

「ずっとそんなこと言ってると置いていってしまうよ」

「もっかいだけー」

「蒼矢！」

とうとう大声を上げた梓の肩を紅玉がぽんと叩いた。

「まあまあ梓ちゃん、そうちゃんも終わり時がようわからんのや。これで最後にしようと思うけど終ってしまったらまたやりたくなって……ようは満足でけんのやな。もっともっとおもろいんやないかって思ってまうんや」

「そうは言ってもほんとにキリがないんですよ。蒼矢は普段から公園で遊んでいてもこうなんですから」

「――そうちゃん！」

紅玉は両手を口に当ててネットのてっぺんにいる蒼矢に呼びかけた。

「そうちゃん、すっごい、スペシャルな乗り物に乗らん？　お外でキラキラしてきれいやよ、かっこいいよ！」

「えー……？」

蒼矢は疑がわしげな声を上げる。そんなことといって今のこの楽しさを取り上げるのではないか、というように腰が引けている。

「ほんまよ。僕、皆がそれに乗ってきらきらしてんの見てみたいなー」

「えー……」

蒼矢は渋るが朱陽と白花は紅玉のそばに駆け寄ってきた。

「こーちゃん、ほんと？　きらきらなの？」

「ほんまや。あーちゃん、乗ってみる？」

「のるのるー」

「しーちゃんも乗る？」

「……のる」

紅玉は玄輝の方に視線を向けた。

「………」

梓にだっこされている玄輝はうとうとしながらも片手をあげた。

「ほんならそうちゃんはここで遊んでてな。僕ら、おそとでそれに乗ってくるからねー」

紅玉がそう言って三人を連れて出て行こうとすると、蒼矢はするするとネットを降りてきた。

「おれもいくー」

紅玉はにんまり笑って梓に親指を立ててみせる。

「ほんならみんなで行こうな。スペシャルやで、スペシャルエンディングやで」

「すぺしゃるえんでんぐ?」

「そや、遊園地のとっておきの、最後の最後やないと乗れんしろもんやで」


あちこちがライトで輝き、昼間とはまた違った顔を見せる夜の遊園地。アトラクションの乗り物たちもキラキラピカピカしたイルミネーションで飾られていた。

「わー、おそときれーねー」

小さなLEDライトで彩られた建物や花壇《かだん》を見て、朱陽が嬉しそうな声を上げた。

「さあ、どや? みんな」

紅玉が子供たちをつれてきたのは回転木馬――メリーゴーラウンドの前だった。

色とりどりの美しい木馬たちが、イルミネーションに照らされながら、ゆっくりと上下に動きながら回っている。

花と光で飾られた馬たちがデコレーションケーキのような舞台の上にいる。金色の王冠のような屋根の下で揃って走っているのは夢のような光景だった。

「すっげー……」

「きれー……」

「すてき……」

「……」

子供たちはため息をついてメリーゴーラウンドを見上げる。

「すごいやろ、ここの回転木馬はフランスから輸入した本場のアンティークやそうや」

なぜか自慢げに紅玉が胸を張る。

「うん、すっげー、かっこいー。うらんすの、あんぱんの、てーく、なんだー」

「そーちゃん惜しい。でもまあ、これよこれ。これに乗せてあげたかったんよ」

子供たちはわっと両手を挙げた。

「のる！」

「のるー」

「のりたい……」

「……！」

いきなり駆けだそうとする子供たちの襟首を、紅玉が素早く掴んだ。

「ちょっとまった。ただしこのスペシャルでアメージングでプレシャスなメリーゴーラウンドはな、遊園地のとっておき、つまり、最後の最後でないと乗れないんや。これにのったらもう帰らないといけない……わかるか？」

紅玉の言葉に子供たちは顔を見合わせる。

「ゆうたやろ？　スペシャルエンディング、ハイパーフィニッシュや。ガイアドライブの必殺技は？」

「ハイパーディメンションエクスプロールアタック……」

特撮の技名は間違わずに言える蒼矢が答える。

「そうや、その技食《く》らったら二度と立ち上がってこんよな。それと同じ、エンディングのお約束や」

「うー……」

なるほど、と梓は思った。

子供たちがなんども同じ遊びを繰り返し、もう一回とか最後の最後、と粘るのは、戦いの決め手——必殺技がないからだ。毎週同じ戦いを見せられても、最後の大爆発で子供たちは満足する。子供たち自身が満足しなければおしまいにはならない。

紅玉は大満足のラストの演出をして、子供たちの遊びのループに終着点をつけようというのだ。

「さ、どないする？　みんな」

子供たちの目は回転する美しい木馬に引きつけられている。流れてくる音楽も不思議な音色で誘ってくる。なにより木馬にのっている子供たちが楽しそうに家族に手を振っている姿に心奪われているようだ。

「……のる」

最初に言ったのは珍しいことに白花だ。こういうのはいつも朱陽がまっさきに手を挙げるのに。

「しらぁな、のりたい」

「あーちゃんも！」

朱陽がぎゅっと白花に抱きついた。

「しーちゃん、いっちょにのろ！」

「うん！」

「……る」

玄輝も紅玉の服のすそを引っ張って言った。もしかしたら今日初めての言葉かもしれない。

「みんなでのるのが楽しいよな」

紅玉はちらっと蒼矢を見た。蒼矢は木馬に乗ればおしまいという事実を重く受け止めているらしく、なかなか決意できないようだ。

「そーちゃん、いっちょにのろ！」

「のろ…」

「蒼矢、乗っておいでよ、梓は木馬に乗ってるみんなに手を振りたいな」

梓が言うと蒼矢はうつむいた。地面にはライトに照らされた蒼矢の影がゆらゆらと踊っている。

「そーちゃん」

玄輝が蒼矢の手を取った。

「あおいうま、かっこいいよ」

ぱっと蒼矢が顔を上げてメリーゴーラウンドを見上げる。その目の前を青い馬が足を跳ね上げて走っていった。

「おれ、のる！　あおいの、のる！」

「よっしゃ！」

紅玉がぱんと手をたたき、子供たちを乗り場に連れて行った。ちょうど音楽が終わり入れ替わるときで、子供たちは舞台の上に駆け上がった。

「あーちゃん、ぴんくー」

「しらぁな、おはなのついたの」

「……」

子供たちは思い思いに好きな馬を選ぶ。蒼矢は青い馬に颯爽とまたがった。

「みんなー！」

梓が手を振る。その横で翡翠がカメラをかまえる。紅玉がにこにこ両手を振った。

「あじゅさー！」

「ひーちゃーん！」

「こーちゃんー」

音楽がかかる。馬たちはがくんと一度頭を下げ、そして軽やかに回り始めた。

「わあ！」

舞台の上をライトが回りながら点滅し、子供たちの顔や馬を照らし出す。

紅玉は朝、車の中で、観覧車は回るだけの密室と発言したが、メリーゴーラウンドも軽く上下しながら回るだけの遊具だ。しかし、メリーゴーラウンドの魅力はその回転にこそ、ある。

回って回って舞台の外で手を振っている大事な人を見つけること。

手を振り返すこと。

笑って応えてくれること。

スリルやスピードだけを求める遊具と違い、メリーゴーラウンドは別れと出会いを繰り返す遊具だ。

何度も別れ、何度も会う。

別れても、また元の場所で待っていてくれる。

それが楽しいのだ。

子供たちの姿をとらえるごとに、梓は手を振り、声をかける。子供たちも応えてくれた。

「懐かしいなあ……」

思わず声が漏れた。

子供の頃の記憶が――覚えていなかった光景が、はっきりとよみがえってきた。確か、
メリーゴーラウンドに乗った。

あのとき、母親と一緒に乗り、そして外にいる父親に手を振ったのだ。

父親はそこにいて手を振り返してくれた。

今まですっかり忘れていた、そんな思い出。

「お父さん……」

何度回っても父親の笑顔があった。振った手に応えてくれたのだ。それが嬉しかった。

木馬は回る。花と星と笑顔を乗せて。

木馬は運ぶ。過去を、昔を、思い出を。

父親を亡くしても、こうやって思い出すことができる。遊園地に来てよかった。子供た

ちも大きくなって思い出してくれるかな……。

「あずさ」

不意に耳に飛び込んできた声があった。

「あずさ」

木馬に乗っているのは誰だ。こちらを向き、手を振っているのは誰だ。

「あずさ」

背を向けて走っていくのは誰だ。

「お父さん……？」

ふらりと梓の足が一歩踏み出した。

背の高い父親の肩。いつも母親が着せていたスーツの肩は一直線。その肩越しに振り向いて、「いってきます」と笑顔を見せて、会社に行く。

その肩が。

木馬の上にあった。

「お父さん」

梓は木馬を追った。ゆるやかに上下する木馬の上にあの背中がある。

「お父さん！　お父さん！」

以前も一度父に会った。ああ、あれは桜の咲く高尾の山の中だった。

大学を卒業したことを祝ってもらった。

就職したことをほめてもらった。

夢だと思っていた、夢でも会えて嬉しかった。もう一度会いたかった。

「待って、お父さん！」

もう一度、もう一度だけ。

もっかい、もっかいだけ。

お父さんに会いたい。お父さんと話がしたい。

「お父さん……！」


「あれ？　梓ちゃんは？」

紅玉は隣でビデオを回している翡翠に言った。

「そのへんにいるだろう」

翡翠は液晶画面をのぞき込んでいて顔もあげない。

「ええー？」

紅玉は翡翠のそばを離れ、周りにいる人々の間を縫った。

「梓ちゃーん？」

羽鳥梓の姿はどこにもなかった。

二

梓は回転する木馬を追いかけていたはずだった。木馬はくるりくるりと回り、子供たちの歓声と笑い声と音楽が輪になっている。

周りにはたくさんの遊具があり、大勢の人々がいたはずだ。

だが、気づいてみれば人の姿は消え明かりも消えて周囲は暗い。ただ、回転木馬の舞台だけがきらきらと輝いていた。

その木馬から……子供たちの姿が消えていた。父親の姿もない。ただ、美しい木馬だけがゆっくりと回っている。

「――え？」

梓は足を止めた。周囲を見回す。あたりは真っ暗で止まった遊具がまるで巨人の玩具のように並んでいるだけだ。

「な、なんで」

メリーゴーラウンドの回転が止まった。音楽も止まる。金色の屋根を輝かせていた照明がふっと消え、柵を彩っていたLEDの粒ランプも端から消えていった。

耳の中に翡翠の言葉がよみがえる。

(おまえはすぐに妙なものに喚《よ》ばれてしまう)

まさかまた？　子供たちとはぐれてしまったのか。

「蒼矢、朱陽、白花、玄輝！」

名を呼ぶがあたりはひっそりと静まりかえって応えるものはいない。

「翡翠さん！　紅玉さん！」

梓は暗闇の中を走った。

ジェットコースター、ドラゴンブランコ、コーヒーカップ、ドリームロケット……たくさんの遊具の形が闇の中にぼんやりと浮かび上がっている。

「誰か……誰もいないの⁉」

いくつかの遊具の間をすり抜けたとき、チカリと光ったものがあった。振り向くと、遠くでなにかの建物の扉に、小さく電気がついていた。

「誰かいるんですか！」

梓はその光に向かって走り出した。

「ひーちゃ、あじゅさは？」

木馬から降りてきた子供たちは真っ先にそう聞いた。回転して戻ってきたら紅玉と翡翠だけで梓の姿がなかったのだ。

見落としたのかともう一度回ったが、梓はいない。翡翠と紅玉の姿は見える。

木馬の上から梓を探し、どこにも見つからないことを知った子供たちは、音楽が止まるやいなや木馬から飛び降りて、二人の精霊のもとに駆け込んできた。

「それが……梓ちゃん、いつの間にかどこかに行ってしもうて。周囲を探したんやけど見当たらんのや」

「えー」

子供たちはあちこちきょろきょろしたが、たくさんの人がいて何も見えない。

「あじゅさ……いなくなるの……へん」

「さっき、てーふってた」

「まってるってゆってた！」

子供たちは紅玉に詰め寄った。だが、紅玉も梓が消えたところは見ていない。

「ひーちゃん！」

朱陽がカメラをいじっている翡翠に叫んだ。

「あじゅさ、さがして！　まいごになっちゃったかも！　ひーちゃんおみじゅ、とばせるでしょ！」

「しかし、朱陽。ちょっと用足しにでも行ったのかもしれんぞ。一人前の大人の男が迷子などと……」

「まってるってゆったのに、どっかいかないの！　さがして！」

「あ、ああ、わかった」

朱陽の剣幕に翡翠はカメラから手を離した。眼鏡のブリッジを押し上げると、翡翠のからだの周りが一瞬白く光る。飛ばした細かな水滴が周囲のライトに当たって反射したのだ。

「少し待ってくれ……」

遊園地の敷地内は広い。さすがにすべてを覆うのにも時間がかかる。

「こーちゃ……なんかどきどきする……」

白花が胸を押さえて言った。

「あじゅさのこえ……ぜんぜんきこえない……あたまのなかでよんでも……きこえない」

白花が念話のことを言っているのだと紅玉は気づいた。そういえば自分も梓を呼んでいるのにまったく返事がない。

念話は確かに距離が離れると弱くはなるが、なにも感じないということはないはずなのに。

「あじゅさ、さがす！」

蒼矢は紅玉の足をぱしんとはたいた。

「おれ、さがしてくる！」

言うなり蒼矢が駆けだしてゆく。

「あっ、そーちゃん！　待って！　一人で行くと危ないよ」

紅玉が蒼矢を引き留めようとしたとき、手を握っていた朱陽が反対の方向へ飛び出した。

「あー、あーちゃん！」

「あーちゃんもさがしゅ！」

どっちを追うか迷った隙をついて白花も駆け出してしまう。同時に玄輝も走りだした。

「しらぁなもさがしゅ！」

「………！」

子供たちは四人が四人とも、てんでバラバラの方向へ駆けだしてしまい、火の精と水の精はパニックになった。

「わあ、みんな！　あかん！」

「こ、こら！　みんな待つのだ」

しかし一人を追うと一人から離れることになる。誰を追えばいいのかとうろたえる翡翠の背中を紅玉が叩いた。

「だめだ、翡翠。みんな聞いとらんわ。おまえ、別れてあとを追ってくれ。僕は念のためこの辺で待っとるから」

「わかった!」

その瞬間、翡翠が四体に分裂する。大気中に水を飛ばし、さらに四つに分かれたため。かなり密度は薄いが仕方がない。

やや透き通った印象の翡翠が、ヘロヘロとした足取りで、それぞれ子供たちを追い始めた。


暗闇の中、明かりのついたその建物は、案外大きなものだった。正面に看板がかかり、それが照らされている。

「ミラーハウス……」

梓は看板を見上げて呟いた。

ドアは少しだけ開いていて、そこからも明かりがもれていた。しかし、

「これってかなりヤバイ、……気がする」

こんな真っ暗な中で営業していること自体もそうだし、ミラーハウス……鏡の家なんて古今東西ホラー案件でしかない。

やはり今きた道を引き返そうか。迷ったらその場所を動くなというのは遭難《そうなん》の鉄則だ。

梓は一歩あとずさった。

その背中がとん、となにか柔らかいものに当たる。

「え？」

駆けてきた途中には遊具しかなかったはずだ。後ろになにかあるはずはない。恐る恐る振り向いた梓はそれを見て、悲鳴を上げた。そこには無表情なうさぎの着ぐるみが立っていたのだ。

ミラーハウスの照明に照らされたうさぎはピンク色の毛皮。手には風船をいくつも持っている。

「あ、あの」

そのうさぎの背後からぬっとあらわれたのは犬の着ぐるみだ。それから猫が、狐が、狸が現れる。

梓より頭ふたつ以上も背が高い彼らは、そろって丸いガラス玉のような目で見下ろしてくる。

「……」

心臓がドキドキした。実は梓も大学生の時、ステージショーで着ぐるみのバイトをしたことがある。だから知っている。

最近ではエア着ぐるみという空気で膨らますコスチュームタイプのものもあるが、目の前に立つのは昔ながらの被り物の着ぐるみだ。

こういうタイプは必ず頭と胴体が別々になっている。胴体を着込んで頭をかぶるのだ。だから首にはかならず切れ目が入っているはずなのに。

かれらの着ぐるみにはいっさいの切れ目がなかった。呼吸をする穴やメッシュも見えないし、なにより口の中が違う。

あんなにギラギラした歯も、濡れた長い舌も……ない……ッ！

梓は反転してミラーハウスへ向かった。そのあとを着ぐるみたちが追いかけてくる。

「来るなあッ！」

着ぐるみのバイトをしてたとき、近寄ると泣き出す子供もいた。今ならわかる。怖い。無表情な丸い目で迫られるのがこんなに怖い。

「！」

ドアにからだをぶつけるようにして中に飛び込んだ。中はまっすぐな通路になっている。正面の壁に右方向への矢印の表示があった。

それに従って右に曲がった瞬間、梓は自分が間違っていたことに気づいた。

そこはもう鏡の部屋だった。広く、無限に続く光に満ちた鏡の部屋。自分の姿が上下左右に映し出されている。

背後から足音が聞こえてきた。着ぐるみが来る。

梓は鏡に手をついて前へ向かった。前からは自分が近づいてくる。激突しそうになったとき、左手の感触がなくなった。左に折れる通路だ。

曲がったとたんにどーんと鈍く響く音がした。

うさぎが鏡にぶつかりひっくり返っている姿が見えた。その姿がすうっと消えてしまう。

だが後から猫や犬たちも追ってきた。

「うわわ」

梓は左手を鏡の壁から離さないようにして駆け出した。


「朱陽、待ちなさい。やみくもに走ってもしかたがない！」

ようやく朱陽に追いついた翡翠の分身の翡翠1がその手をつかんだ。

「だって、あじゅさがいないのへんだもん！　まってるってゆったのに！　おててふるからみてててねってゆったのに！」

朱陽は翡翠1の手を振り払って叫んだ。

「あじゅさ、いないのよ！　へんでしょ！」

「私にはわからないが、おまえたちには羽鳥梓の気配がわかるのではないのか？」

翡翠や紅玉は四《し》神子《しんし》たちの気配は感じ取れるが、人間の梓の気配については鈍感だ。せいぜい念話を飛ばすか、水蒸気を漂わせて存在を確認するくらいしかできない。

「……あじゅさ、いないの」

朱陽はきょろきょろと周りを見回しながら言った。

「ゆうえんちにもいない。ここにいない」

「たしかに……まだこのあたりでは見あたらないな」

翡翠はまとわせた空気を探って言った。

「このあたりじゃないの、ここにいないの！」

自分の言っていることが伝わっていないと、朱陽は小さな足を踏みならした。

「あじゅさ、どっか、とおいとこいっちゃったの！」


梓は鏡の部屋でずるずるとしゃがみこんだ。顔をあげれば疲れ果てた自分が見える。

その情けないさまを見たくなくて視線を背けても、そこにも自分がいた。

消耗し、絶望している自分自身を見せつけられることほど、つらいことはない。

「朱陽……蒼矢……白花……玄輝……」

呟いた声は鏡に吸い込まれたかのように響かない。

「こんなところにいて……子供たちは大丈夫なのかな……」

梓ははっと顔を上げた。今の声は自分の声だ。

「俺がいなくて……不安になっているんじゃないか」

すぐそばで自分の声がする。横を向くと自分の顔があった。

「俺は子供たちを放り出してしまった」

正面で足を投げ出している自分が呟いている。

「こんな無責任なことで神の子の仮親《かりおや》の資格があるのか」

頭上で逆さになった自分の声。

自分の内面が映し出されているのか、と梓は思った。どの言葉も一度は考えたことのある思いだったからだ。

「本当は自信なんて全然ないんだ。自分のことだっていい加減な俺が、子供を育てるなんて……」

また別な自分が呟く。梓は首を振った。

「違う、そう思ったこともあるけど今は……っ」

「今だって毎日手探りだ。子供たちの気持ちをわかっていると言えるのか」

正面の自分がじっとこちらを見ていた――。

「蒼矢、こっちに羽鳥梓がいるのか?」

翡翠2が蒼矢の背中を追いかけて叫ぶ。

「わかんない！」

蒼矢は振り向きもせずに走る。

「すっごくやなかんじ！　あずさ、ないてる！」

「そんなことがわかるのか？」

初めて蒼矢は振り向いて、目を見開き叫んだ。

「わかる！　ひーちゃんはどうしてわかんないの！」


梓は正面の自分から目をそらした。泣きそうな情けない顔は見ていたくなかった。

「それは……人はみんなそうだろう、百パーセントわかりあえることなんてない」

言い訳するように言う。応えてはいけないと思っても、自分の気持ちを勝手に語られるのは我慢ができない。

「だけど親は子供のことをわかっている。子供のことをなんでもわかっていなきゃ親じゃないんじゃないか」

弱々し気に正面の自分が囁く。梓は両手で顔を覆った。

「そんな、そんなのは……」

「認めてしまえ、俺は自信がない。実際血もつながっていない、ただ預かっているだけなんだ。わからなくてあたりまえだと」

耳元で声がして、思わず顔を上げるとすぐ横に自分の顔があった。さっきまでここには鏡はなかったはずなのに。梓はあわててその自分から距離をとった。

「わからないいんだろう？　それは認めるだろう？」

「それは……」

「彼らは人でもないんだ。神様だ。人より上の存在だ。人が神をわかろうなんて、みじんこが魚を理解しようとするようなものだ」

「やめろ！　もう黙れ！」

耳を覆って叫んだとき、着ぐるみの狐がぬっと顔をだした。梓はとっさに口をふさぐ。

狐はきょろきょろとあたりを見回し、無数の梓の中から本物を探し出そうとしている。

梓もこの狐がどこにいるのかわからない。鏡に反射しているようだが、本体はどこにいるのか。

狐が手を振り上げ、鏡に映った梓を叩いた。どん、と大きな音はしたが、鏡は壊れなかった。

どん、どん、と狐が鏡を叩いてゆく。やがてどこかの通路に入ったのか狐の姿はすっと消えた。

「白花、羽鳥梓が危険だと、なぜわかるのだ」

翡翠3は白花の手を握り、木造の城の中に来ていた。たくさんの親子連れが室内の遊具で楽しんでいる。

「わかんない……でも、あずさ、かなしいっておもってる……」

「確かに迷子になれば心細くなるだろうが、梓もいい年をした大人だぞ」

「そんなんじゃない……あじゅさ、まいごじゃない……どこにもいない……」

白花は翡翠のスーツのすそをぎゅうぎゅう引っ張った。

「どうしよう……？　ひーちゃん……どうしよう」

「し、白花……」

涙を浮かべる白花の前に膝をつき、震える頭を抱きしめようとした翡翠は、その肩越しに探し求める姿を見て、目を剥いた。

「は、羽鳥梓——!?」

「ほら、俺はなにもできない」

狐の姿が消えたと同時にまた声が囁く。

「ここでこうして見つからないように頭を抱えているだけなんだ。子供たちのことが心配じゃないのか」

「うるさい――！」

「大声を出すと着ぐるみに気づかれるぞ」

梓は息を呑んだ。

「完璧な親に……だれからも認めてもらえる立派な親になろうとしたのにな……」

隣で悲しげに鏡の梓が呟く。

「がんばっているけど失敗ばかりだ。情けないよ」

「失敗したっていいじゃないか、次を間違えなければ」

「間違えないなんて自信もないだろう？」

いつの間にか鏡の梓同士で会話をしている。耳を覆っても自分の声はよく聞こえる。まるで頭の中で何人もの自分が話しているようだ。

「本当にこんな俺なんかが子供たちを育てていていいんだろうか」

「子供たちを手放すべきなんじゃないだろうか」

「そうだ、手放して自由になればいい」

「そうだろう？」

「そうだ」

「そうだな」

全員が自分を見ている。全員の声が自分に向けられている。

「そうだろう？　羽鳥梓。子供たちを手放したほうがいいだろう？」

自分自身の声が自分に向けられている。

「俺は……」

鏡との距離が近くなっていた。すぐ目の前に自分の顔がある。

「俺は……」


翡翠４は玄輝を抱いて走っていた。玄輝は翡翠４にしがみつき、あっちだこっちだと指を差す。

「げ、玄輝！　あそこにいるのは羽鳥梓ではないか？」

翡翠４はジェットコースターの乗り場のそばにいる梓を見つけた。ぱっと玄輝の顔が輝く。身をよじって翡翠４の腕から飛び降りると梓に向かって駆けだした。

梓も気づいて大きく笑いながら両手を広げる。

「なんだ、やはりただの迷子じゃないか」

翡翠4はやれやれと眼鏡のブリッジを押し上げた。残りの三人に梓が見つかったと連絡しなければ。

「え？」

頭の中に他の翡翠たちから声が飛んでくる。その声はそれぞれが梓を発見したと叫んでいた。

「ちょ、ちょっと待て！　私も今、玄輝と一緒に羽鳥梓を見つけたのだぞ？」

翡翠4は目の前で玄輝を高く夜空に持ち上げている梓を見ながらわめいた。

三

玄輝と元のメリーゴーラウンドの場所に戻った翡翠4は驚いた。そこには朱陽と、蒼矢と白花と、それぞれ一緒にいる三人の梓がいたのだ。そして頭を抱えている紅玉が。

「ど、どういうことだ？」

四人の翡翠は駆け寄って元の一人に戻る。四人がぶつかりあったとき、たっぷん、と音がした。

「羽鳥梓も分裂できるとは聞いていなかったぞ。いや、そもそも人間は分裂できたのか？　待て、クローンか？　それとも羽鳥梓には生き別れの三つ子の兄弟が!?　それはミステリーでは禁じ手だぞ！」

文字通り、大粒の泡を飛ばしてわめく翡翠の頭を紅玉がはたいた。

「落ち着け、翡翠。僕もちょっと混乱しとるんや」

四人の梓はお互いを見て不思議そうな顔はするが、あまりとまどっているようには見えなかった。

「おれのあじゅさがほんもの！」

蒼矢は自分が連れてきた梓の足に抱きついて叫ぶ。

「おれのことぎゅってしてくれたもん！」

「そんなん、あーちゃんのあじゅさだってぎゅううううってしてくれたよ！」

朱陽も負けじと叫んだ。

「あじゅさ、いなくなってすっごいさがしたんだもん！　あーちゃんのあじゅさがほんもの！　ね、あじゅさ！」

「そうだよ、朱陽」

梓はそう言って朱陽を抱き上げる。朱陽は梓の首に嬉しそうにしがみついた。

「しらぁなも……さがした……」

白花は梓と手をつないで囁く。

「でも……あじゅさ、こんなにたくさん……いない、よね？」

玄輝は黙り込んで四人の梓を見比べる。

「この中に本物がいるんなら残りは偽《にせ》もんやってことやな」

紅玉は厳しい顔つきで言った。

「そもそもなんで梓ちゃんの偽もんなんか作ろうとしたんや」

「待ってくださいよ、紅玉さん。俺が偽物だって言うんですか」

一人の梓が声を上げた。

「俺は本物です、わかるでしょう？」

「俺だって本物ですよ」

「いや、本物偽物っていうのがおかしいんですよ……」

中の一人が静かに言う。

「みんな本物なんです」

梓の言葉に紅玉は身構えた。

「どういうことや」

「ねえ、みんな」

梓は子供たちに微笑みかける。

「梓が四人いてもいいじゃない」

その言葉に子供たちが驚いた顔をする。

「だって四人いればみんなにそれぞれの梓がいることになるんだよ？」

梓が朱陽に向かって言う。

「そうだよ。一人一人に梓がいればいいんだよ」

梓が蒼矢の手を握る。

「俺が白花の一番になるよ」

梓が白花の髪を撫でる。

「玄輝が一番好きだよ」

梓がぎゅっと玄輝を抱きしめた。

「ちょ、ちょっと待てや！」

紅玉が玄輝から梓を引きはがす。離された梓は不満そうな顔で紅玉を見た。

「そういう問題やないやろ、おかしいやろ、梓ちゃんは一人なんや！」

翡翠は眼鏡を曇らせ、よろよろと後ずさった。

「こ、紅玉。私はなんだか羽鳥梓の言っていることが正しいような……」

「あほか！」

しかし、子供たちはいっせいに梓から離れた。

「ちがう！」

「あじゅさじゃない……」

「みんなあじゅさじゃない！」

「……ないっ」

朱陽が、白花が、蒼矢が、玄輝が、それぞれ叫んだ。

「あじゅさはみんながしゅきなの！　みんないちばんなの！　ひとりだけなんて、ゆわないの！」

そのとたん、梓の姿が消え去った。


「俺は、確かに情けない人間だ。なんの力もないし、子供たちがなにを考えているのかもわからない。自信なんていつもない……」

鏡の中の無数の自分に向かって梓は呟いた。

「翡翠さんに怒られて、紅玉さんにフォローされてる毎日だ。蒼矢の〝もっかい〟を止めることだってできなかった。子供たちはこんな俺に育てられて、可哀そうかもしれない」

認めてしまえば腹の底が冷える。からだ中の力が無くなる感じがする。それでも梓は勇気をかき集め、自分を責める自分たちに向き合った。

「でも、そんな駄目な俺だから……子供たちとの約束だけは、約束だけでも守りたいんだ。俺はみんなと約束した。ずっと一緒にいるって。みんなが神様になるまでずっとそばにいるって。こんな俺でもあの子たちは一緒にいてって言ってくれるから……」

ピシリ、と正面の梓の顔にひびが入った。

「……なかなか頑固だね。もろいと思ったのに、やるなあ」

鏡面の梓が口を開く。その声はもう自分の声には聞こえなかった。梓はこの声を知っていた。

「あ、あなたは……」

「君が子供たちを手放すと言えば、簡単に外道堕《げどうお》ちをさせることもできたのに。ああ、もう面倒だね。こんなお遊びはやめるよ。君はずっとそこにいればいい」

「鈴女《すずめ》さんのお兄さん……照真《しょうま》さん……！」

叫んだとたん、周囲の鏡に亀裂が走る。背をもたれさせていた場所が、手を置いていた場所が不意に柔らかくなり、抵抗がなくなった。

キラキラと鏡の破片《はへん》が輝きながら降り注ぐ。そのきらめきの中に確かに照真の姿を見た。

「待って！　照真さん、あなたはなにを……！」

どさり、と自分がどこかに倒れたのがわかった。周りは真っ暗で身動きできない。なにかとても狭い、袋状のものの中に押し込まれているようだった。胎児のように丸まったかっこうで、胸の前に縮こまった手を動かすのもむずかしい。

（ど、どうなっているんだ）

もがくとわずかにからだが動く。手をようやく動かして顔に触れてみた。

感触がある。指先も動く。だが大きく腕を振ることはできない。足も伸ばせない。

（暑い、苦しい……呼吸が、しにくい）

ひやり、と。

頬になにか触れた。小さく細長いものだ。

（なんだ？）

なんとか手を下げてそれを触ることができた。その感触――。

（呼子《よびこ》だ！　示玖真《しぐま》さんの、天狗を呼ぶ呼子だ！）

すっかりその存在を忘れていた。いつもお守りのように首にかけていたのに。身に着けすぎて、からだの一部になってしまっていた。

（示玖真さん！）

梓は呼子を持った手を口に近づけた。

なけなしの息を集めてそれを吹いた。

四

「羽鳥梓が消えた！」

四人の梓がいた場所でぐるりと回り、翡翠が叫ぶ。

「全員偽物やったんか！」

玄輝がしゃがみこんで地面に落ちたものを拾い上げた。それは黒く大きな鳥の羽根だった。

「その羽根は……」

「げんちゃん、捨てて！　それは穢《けが》れや、触ったらあかん！」

玄輝があわてて指を離すと、羽根は黒い煙になって消えてしまう。玄輝の小さな指先が赤く腫れてしまった。翡翠が急いで手を水浸しにして浄める。

「魔縁《まえん》や。こんなところにまで……」

「では羽鳥梓は魔縁にさらわれたというのか？」

「翡翠」

紅玉が翡翠のわき腹を軽くつつく。翡翠ははっと口を押さえた。

目の前で朱陽が泣きそうな顔でうつむいている。蒼矢もこぶしを握りしめていた。この二人はかつて魔縁にかどわかされたことがある。

「あじゅさ、ちゅれていかれちゃったの？」

自分のことでは滅多に泣かない朱陽が目に涙を浮かべていた。

「あじゅさ、かえってくる？」

「おれ、あじゅさ、たしゅけにいく！」

飛び上がりかけた蒼矢を紅玉は急いで押しとどめた。

「待って、そうちゃん。梓ちゃんが今どこにいるのかわからないんだ、すぐに高尾に連絡して探してもらうから」

「あじゅさ、たしゅけないと！　おれ、まえん、やっちゅけるもん！」

「そうちゃん！」

パチッと小さな火花が下の方で散った。白花の髪がざわざわと持ち上がり、ぱりぱりと細かい光を放っていた。前髪の下の目が暗く冷たく輝いている。

「し、しーちゃん、落ち着いて！　ここには電気使っている乗り物いっぱいあるから……翡翠！　しーちゃんを！」

呼ばれて翡翠があわてて白花を抱きしめる。

「白花、やめなさ……うががががぁあああ……っ」

からだを形作る水に反応したのか翡翠の全身が細かくふるえる。

「だめだあああああ、電気分解するぅううううっ！」

翡翠のからだがみるみる縮み、頭の先から気体がしゅうっと漏れてゆく。

「しーちゃん、やめぇッ　翡翠が水素と酸素に分かれてしまう！」

「――坊主の場所ならすぐ見つかる」

低く落ち着いた声がした。大きな手が白花の頭を包む。バチッと一瞬激しく放電したが、その手は離れなかった。

「安心しろ。俺たちは魔縁退治のエキスパートだ」

「示玖真はん……！」

いつもの大きな翼はしまわれている。だが山伏姿《やまぶしすがた》はそのままだ。高尾《たかお》の天狗《てんぐ》、十五郎坊《じゅうごろうぼう》示玖真がそこに立っていた。


「魔縁が外道から出てきやがったことは俺たちも気づいていたんだ」

示玖真は園内を駆けながら言った。

高下駄《たかげた》に山伏の修行装束《しゅぎょうしょうぞく》、おまけに六尺棒《ろくしゃくぼう》まで肩にしている姿だが、遊園地という特殊な場所のせいか、物珍しげに見るものはいても、あまり気にされていない。ときどきスマホで撮影されるぐらいだ。

そういえば池袋のハロウィンでもその姿だったな、と紅玉は思い出す。

「ただ場所が関東《かんとう》じゃなかったんでな、ちょっと遅れをとってしまった。信州飯綱《しんしゅういいづな》の天狗たちも応援にきてくれている」

示玖真がそういうと、一緒に走っている数人の男性がぺこりと頭をさげた。彼らは背中にそれぞれ神子《しんし》たちを背負っている。

着ているものはダウンジャケットやコートという普通の服で、言われなければ多少体格のよい一般人としか見えない。ただ、全員が黒いマスクで顔を覆っているのがちょっと怖い。

飯綱の天狗はほとんどがカラス天狗なのだと示玖真は教えてくれた。

「坊主が俺の呼子を吹いたから場所はわかっている。すぐに助け出す」

「どこですか？」

「あそこだ」

示玖真が錫杖で指したのは、園内の隅にある建物だった。改築中らしくブルーシートで覆われている。

「園内マップでは資材置き場になってます」

飯綱天狗の一人が言った。

「ガキども」

示玖真は地面に降りた子供たちに獰猛《どうもう》な笑顔を向けた。

「あの中に坊主――羽鳥梓がいる。今から俺たちであの周囲に結界を張る。中に魔縁の連中がいるがこてんぱんにやっつけてやれ」

わっと子供たちが歓声をあげる。翡翠は青ざめてほぼ顔から色がなくなった。

「やめてください、示玖真どの！　子供たちが怪我をしたらどうするつもりだ⁉」

示玖真は六尺棒をぐるりと回し、強く地面を突いた。

「俺たちがそんな間抜けなことはさせねえよ。だいたいこいつらもう抑えられなくなってるだろ、自分たちの手で坊主を救う気まんまんだ」

示玖真の言葉に子供たちが拳を握る。

「まんまんー！」

「まえん、やっちゅける！　バトルだ！」

「……あじゅさにてをだしたこと……こうかいさせりゅ……」

「……ッ！」

翡翠はそんな子供たちの様子を見て、顔じゅうから汗ではなく水を滴らせた。

「朱陽、遊びにいくんじゃないからはしゃいではいけない。蒼矢、まだ龍に変身するんじゃない！　白花、どうしてそんなぶっそうな言葉を知ってるのだ？　玄輝、その手の中の氷、全部先がとがってるぞ⁉」

示玖真の言ったとおり、子供たちは今すぐにでも倉庫に突入しそうだった。止めようとしても逆効果だと悟った紅玉は、極力穏やかな声音で言った。

「わかった、みんな止めはせん。でも一番大切なのは梓ちゃんを見つけることや。バトルは極力避けて、梓ちゃんを探して。ええな？」

「あいあーい！」

示玖真が合図をすると天狗たちが周囲に散った。あちこちに立っている照明の明かりがジジ……といったん弱くなり、また強くなる。

子供たちや精霊たちの目には倉庫がちゃんと見えているが、周辺を歩いている一般の人間には、倉庫の姿は見えなくなる。

物理的に消えるわけではなく、知覚できなくなっているので、その周囲に近づこうという気持ちもおきない。

「行くぞ！」

示玖真の背に大きな翼が翻る。六尺棒をぶぅんと振り回し、示玖真と天狗たち、そして子供たちと翡翠、紅玉は倉庫へと突入した。

暗闇の向こうに光がある。

白くまぶしい光の中から子供たちはやってくる。

色とりどりの華やかな木馬に乗って、駆けてくる……。

(あじゅさ……!)

梓はみんなに手をさしのべた。

約束は破らない。みんなとずっと一緒にいる……。

「う……?」

自分が気を失っていたことに、梓は気づいた。起きたのはごく近くで物音が聞こえたからだ。

暗く狭い場所に押し込められている梓の耳に、物音が聞こえてきた。わめき声やものの壊れる音、なにかがぶつかる音。

だが身動きのとれない梓にはなにが起きているのかわからない。

「だれか……っ! だれかいるんですか!」

息苦しさをこらえて叫んでみたが、その声はかすれて自分の耳でも聞き取りにくい。

「誰か……」

「あじゅさー!」

不意にくっきりと聞こえてきた声があった。

「あじゅさー！」

「あじゅさ、どこー！」

「あじゅさ……！」

「あじゅさぁあああっ！」

子供たちの声だ。玄輝まで大声で叫んでいる。

「みんな……っ！」

梓は狭い場所で必死に動いた。

「みんな！　ここだよ！　あずさはここだ！」


倉庫の扉を打ち破ったとたん、中から着ぐるみの動物たちが襲いかかってきた。

うさぎや狐や犬、それに遊園地のマスコットキャラクターたち。

日の光の下、子供の笑顔に囲まれているはずの愛らしい着ぐるみたちが、鋭い牙を持つ凶悪な顔で襲いかかってくる。

示玖真と天狗たちはそれらを次々に殴り、蹴り、あるいは六尺棒で打ち据えた。

朱陽は炎を投げつけ、蒼矢は龍になり、からだごとぶつかった。白花は白虎《びゃっこ》の姿で帯電《たいでん》したまま走り、玄輝は相手を氷に閉じこめる。

「みんな、梓ちゃんを探さんと！」

紅玉が声をかける。

「翡翠、この倉庫の中に梓ちゃん、おらんのか？」

「そ、それが、まだ見つけられない。隠されているのではないか？」

「隠されてる？」

倉庫の中には鉄骨やシート、段ボール箱などもある。砂袋もたくさん積まれ、ごみも置いてあった。

「くそっ、面倒なところに」

子供たちは倉庫の中を飛び、駆け回り、梓の名を呼んだ。

「あじゅさー！」

「あじゅさ、どこー？」

「あじゅさ！　おへんじ……して！」

「あじゅさ！」

魔縁の化けた着ぐるみたちは次々と捕縛されていった。今、最後の一人が示玖真によって床に叩きつけられた。

「坊主はどこだ！」

示玖真は六尺棒を着ぐるみの首に押しつけて言った。

「答えろ！」

だが魔縁は「ゲゲゲ」としわがれた笑い声をあげるだけで答えようとしない。あるいは本当に知らないのかもしれない。

示玖真がその着ぐるみを殴って気絶させると、倉庫の中にしん、と沈黙が降りた。

「梓ちゃん……」

紅玉が周囲を見回して呟く。

「ほんまにこの場所なんやね？」

示玖真に問うと、天狗はうなずいた。

「呼子の場所を間違えることはない。坊主の意識があれば念話《ねんわ》が使えるんだが……」

「今は意識がない、ちゅうことか。まさか、」

最悪の事態を想像して紅玉の顔が厳しくなる。

「あじゅさ！」

不意に朱陽が声をあげた。

「いま、あじゅさのこえ、きこえた！」

蒼矢も耳に両手を当てる。

「きこえた！　あじゅさ、いる！」

「ど、どこや？」

白虎の姿の白花が大きく首を回した。その丸い耳がぴくぴく動く。

（こっち！）

紅玉にも梓の声が聞こえた。声、というより思いだ。子供たちに必死に呼びかけている。

「梓ちゃん！　無事か！」

紅玉も子供たちが駆けだした方向へ走った。

それは倉庫の隅、ぼろぼろになって処分を待つ着ぐるみが入れられているコンテナだ。

「あじゅさ！」

「あじゅさ、あじゅさ！」

子供たちはコンテナの中から一体の古い着ぐるみをひっぱりだした。毛がはげ、汚れて傷だらけのキノコの形をした着ぐるみ。

白虎の前足が注意深く、着ぐるみの皮をやぶった。

「……あじゅさ……！」

キノコの胴体部分に押し込められていた梓は、顔が出た瞬間に大きく息を吸った。

「あじゅさっ！」

朱陽が、蒼矢が、白花が、玄輝が。

梓に飛びつき、しがみついた。

「みんな……！」

梓も両手で四人の子供を抱きしめた。

「みんなの声聞こえたよ……！　暗い中で夢を見てたよ、みんながメリーゴーラウンドに乗って助けに来てくれる夢……！」

子供たちはわあわあと梓の腕の中で泣き出した。梓の目からも涙があふれる。

「ごめんね……心配かけて……ごめんね……。みんな大好きだよ、ありがとう……」

終

軽井沢の別荘の、ぱちぱちと暖炉の火が燃える居間で、梓は子供たちや示玖真、天狗たちと一緒にいた。

信州の天狗たちが運んでくれた山の幸、牛や豚、それをみんなが料理してくれて飲めや歌えやの大宴会となったのだ。

長野で作られた日本酒やワイン、クラフトビールまで運んでくれた。

子供たちはたくさん食べて、たくさんおしゃべりして、そしてひとときも梓のそばを離れずにいた。

膝の上に、腹の上に、わきの下に、背中に、べったりと張り付いていて、梓は身動きもできない。

「ねえ、みんな……重いんだけど……」

さすがに梓が音をあげたが、子供たちは誰一人として離れない。

「やだ！」

「だめぇ！」

「あじゅさ……ここにいるの」

「……、……！」

助けて、と目で紅玉たちに訴えても、

「今日くらいは好きにさせてあげて」

「そうだ。子供たちに心配かけたのだからな、だいたいおまえは簡単にさらわれすぎる。子供たちの仮親だという責任感をだな……」

「坊主、ほれ、信州ソーセージだ。口を開けろ」

なだめられ、怒られ、甘やかされて、子供たち四人分の体温で埋められて。

「しかし、また照真か……。しかも精神的な部分を狙ってくるとはな。手強《てごわ》いな」

梓の隣でビールを空けながら示玖真がつぶやく。

「照真さん……どうしても鞍馬へ戻るつもりはないんでしょうか？」

「こそこそと卑怯な真似ばかりしやがる。なんとかとっつかまえて灸を据えてやらんとな」

示玖真の周りにはビールの空き缶が山ほど転がり、さらに積み上げられていった。信州の天狗たちがどんどん追加を持ってくる。

「照真さんに言われて俺は自分の自信のなさを自覚しました。こんなことじゃだめですよね。もっと強くならないと」

うつむいた梓の頭を示玖真がわしわしと撫でる。

「自分の弱さを自覚できるのはいいことだ、坊主。知らない人間よりその分、これから強くなれるんだ」

「そうでしょうか？」

「そうさ」

示玖真は梓のそばでうとうとと眠りかけている子供たちをあごで示した。

「ここに希望と強さがある。いつだって消えることのない強さがな」

「はい……」

梓は示玖真にされたように、子供たちの頭を撫でた。みんなが唇に笑みを浮かべ、梓にすりよる。

「一緒にいるよ」

梓は囁いた。

朱陽が目を開け、微笑みかける。蒼矢もにっと唇を持ち上げた。白花は黙って梓にすりより、眠っていたと思った玄輝も目を開けて笑った。

「みんなが大好きだよ」

答えるように、子供たちの手が、ぎゅっと強く梓の服を握りしめた。

第四話

神子たち、探し物をする

12

序

軽井沢駅の南口には軽井沢プリンスホテルやアウトレットモール、ショッピングプラザのある華やかな施設がある。

だが、「やはり軽井沢といえば旧軽井沢銀座通りやね」という紅玉《こうぎょく》の一言で、おみやげは「旧軽銀座」と呼ばれる軽井沢銀座商店街で選ぶことになった。

軽井沢で遊ぶのも今日一日で終わり。午前中いっぱいかけて別荘の掃除をしたあと、お昼ご飯を食べてお土産を選ぼうと、みんなで車に乗ってやってきた。

軽井沢駅の北口から車で五分ほど、たくさんの店が立ち並ぶ商店街に着く。たいていの観光客は駅からのんびりと二〇分ほどかけて歩いてゆく。舗装された道では食べ歩きの人々も多く、賑やかな雰囲気が楽しい。

風情のある老舗店、こじゃれたカフェやセンスのいい雑貨店。香《こう》ばしい匂いを漂わせる焼き団子《だんご》屋や、食欲をそそるデリカテッセンにブラッセリー。子供たちがあちこちに駆け出していかないように手を握る力も強くなる。

「三波先生へのおみやげといっても、軽井沢のものなら一通り持っていらっしゃるのではないだろうか？」

翡翠《ひすい》が「軽井沢饅頭」を手に悩んでいる。

「そうかもしれんけど、気は心やろ。お礼なんだから思い切りベタな方が受けると思うわ」

紅玉が「軽井沢の別荘」と掛かれたロッジ風の建物の形をした貯金箱を見せびらかす。

「おみやげは感謝の気持ちだろう！　受けを狙ってどうする」

「受けたら次の小説で書いてくれるかもしれんで」

「そ、それはおいしい……ぐぬぬ……」

あれこれ言い合っている二人をよそに、梓《あずさ》は仁志田《にしだ》夫婦と喜多川《きたがわ》家の息子、澄《とおる》へのみやげを探している。

「消費できる食べ物がいいか、それとも机の上に置いて飾れるようなものがいいか……」

「あじゅさーみてみてー！」

朱陽《あけび》が木でできた鳥の置き物を両手で抱えてもってきた。

「これ、きれー。トールちゃんにあげるー？」

「わあ、きれいだね。でも、大きすぎないかなあ。あんまり大きいと邪魔になるよ？」

「あじゅさー、これはー？」

蒼矢《そうや》が持ってきたのは顔ほどもある巨大なぺろぺろキャンデーだ。

うわ、こういうの買う人いるのかな、と思いつつ、

「どうだろ、澄さんは甘いもの、そんなに好きじゃないかもしれないね」と答えておいた。

「あじゅさー……」

白花《しらはな》が持ってきたのは蕎麦《そば》の詰め合わせだ。そういえば軽井沢は蕎麦の産地である長野県の一部でもある。

「し、渋いな。澄さんて確かにラーメンは好きだけど蕎麦はどうだったかな……でも同じ麺類だし、意外といけるか……？」

「――」

玄輝《げんき》が梓の服の裾をひっぱる。持ってきたものを見て梓は逆に感心した。

「こういうのどこから見つけてくるの？　っていうか今でもあるんだ」

お湯をいれると女の人がヌードになる温泉マグカップって。

「ほんとにどこから持ってくるんだ……！」

玄輝は鼻の穴をふくらませて自慢げだった。

とりあえず仁志田家に定番のお菓子と、澄には木製のペーパーナイフを買った。翡翠はまだ悩んでいるようだし、紅玉はタカマガハラに持って行くと言って、なにか受け狙いのものを大量に買っている。

二人ともまだ時間がかかりそうだったので店内に残しておき、梓は子供たちとお団子を

食べようと外に出た。

「梓がお金を払っている間、ここから動いちゃだめだよ？」

「あいあーい」

焼き団子を手にした子供たちは、声をそろえて返事をする。小さな団子屋の前のベンチに座って自分のが大きい、自分の方がたれがいっぱいだと見せ合っていた。

梓はお金を払い、自分用の団子を口にいれて振り向いた。

「おまた、せ……？」

団子を串ごと飲み込むところだった。子供たちの前に背の高い大人が大勢集まっている。

「な、なんだ⁉」

大人は全部で七名。老人から若者までいた。男性も女性もいる。それがベンチに座っている子供たちをとり囲んでいる。

「な、なんですか？　子供たちがなにか⁉」

「あ、あじゅさー」

あわてて近寄った梓に蒼矢が元気よく手を振る。

「このしとたちねー、たしゅけてってー」

「え？」

「おやまのなかにわんわん、いるんだってー」

一

「いきなり失礼した。我らはこの商店街近くにある諏訪神社《すわじんじゃ》の神木《しんぼく》じゃ」

一番年をとっていそうな白髪の老人が梓に向かって言った。深緑のハンチングに茶色のチェックのコート、その下は着物でハンチングと同じ色のマフラーをしている。おしゃれなおじいさま、という感じだ。

ご神木だと言う七人と、子供たち、そして梓に呼ばれてあわてて店から出てきた二人の精霊をあわせて全員で一四名。町内会小旅行程度の人数になってしまったため、店の邪魔にならない場所へ移動した。テラス席のあるカフェを見つけたのでそこに各々腰を下ろす。

「諏訪神社って……えっと、諏訪湖にある……？」

「はっはっは、いや、それが軽井沢町にあるんだよ」

がっしりしたからだに革ジャンを着こんだ男性が豪快に笑いながら答える。

「普通は諏訪湖って思うよね。そこから分霊勧請《ぶんれいかんじょう》された軽井沢の鎮守産土神《ちんじゅうぶすなかみ》なのだよ」

産土神は土地を守る神で、諏訪神社は地元の人々に長く愛されている神社だという。

「主神さまは健《タケミ》御《ナ》名方富《カタトミ》 命《ノミコト》さまですね」

紅玉が木々の向こうにあるはずの神社の方を見ながら言った。

「ご挨拶すべきやったな」

「かまわないで。堅苦しいことの嫌いな気のいいおっさんだから。俺たちのことも自由にさせてくれる」

もう少し若く、ちょいワルっぽいファッションに身を包んだ男性が、椅子の端に腰をかけ、からだをななめにしながら言った。

「ときどきこうして人の姿になって町へ遊びにくるのよ」

いかにもアウトレットモールの買い物帰り、というようなゴージャスな美女が毛皮に首を埋めて言う。ずるるとスムージーを太いストローで吸い込んでいるが、味わっているのだろうか？

「それで助けるというのは？　私たちになにかお手伝いできることがあるのですか？」

翡翠がみやげの箱を抱えて尋ねた。七人の中で引率の教師っぽい外見をした男性が、眼鏡を押し上げる。

「じつは私たちにはここ軽井沢の樹木ネットワークというのがありまして」

「樹木ネットワーク？」

「はい、そのネットワークを使って最近連絡が来たのです。森の中にずっと前から迷子の犬がいると」

「それもその犬、うちの氏子《うじこ》の犬らしいのよ」

ひまわりと虎という派手なデザインのニットを着た横幅のある女性が話に割ってはいる。

「しばらく前から犬がいなくなった、助けてくださいってお参りに来てたの。うちら、その子が小さい時から知っているんだけど、いい子なのよお、素直でかわいくて。で、特徴聞いたらどうもその子の犬らしいのね」

「僕らはこの町だったらどこへでもいけるんだけど、山の中には入れないんだ。僕らの力が強すぎて森の木々に影響を与えてしまうから。それでさっき青龍の彼に犬を助けてもらえないか頼んでいたというわけさ」

一番若い、爽やかなスポーツマン風の男性が、ぽん、と蒼矢の頭に手をおいて言った。

「青龍は木の気。僕たちの気持ちをよくわかってくれる。きっと迷子の犬を見つけてくれると思ってね」

「そうだったんですか」

梓は蒼矢を見た。ホットカルピスのグラスを両手で持った蒼矢は、ちょっと得意そうな顔でこちらを振り仰ぐ。頼りにされているというのはわかっているらしい。

「どうだろうか？　頼めないかね」

コートに着物の老人が申し訳なさそうに言ってきた。

「もちろん、大丈夫ですよ。犬も心配だしご神木さんたちに頼まれるなんて光栄です、ねえ、蒼矢」

梓が言うと蒼矢は椅子の上に立ち上がって答えた。

「うん、おれ、わんわんさがすよ！」

「そうか、ありがとう。いい子じゃ」

ご神木たちがいっせいに蒼矢の頭やからだを撫でる。蒼矢は「くすぐったーい」と身をくねらせて笑い声をあげた。

だいたいの場所を説明してもらい、近くまで車で向かう。

山の上に黒い雲が浮かんでいるのが気になったが、場所がわかっているならそれほど長くはかからないだろう。

休業しているレストランの駐車場に車を停めさせてもらうと、さっそく蒼矢が森の中に駆けだした。ちょっと道を外れるとすぐに木々が視界をふさぎ、帰り道を失わせる。

「こっちだって！」

走っては立ち止まり、耳をすますような様子を見せながら、蒼矢はどんどん奥に進んでゆく。倒れた樹木や絡み合った根などがある地面を飛ぶように走っていった。

「そ、蒼矢！　一人で先に行かないで！」

梓は木の根に足をとられながら蒼矢を追うが間に合わない。

「羽鳥《はのとり》梓、私が蒼矢と先に行こう」

翡翠が梓の肩を叩いた。下半身を細かな水滴に変え、蒼矢の後を追って飛んでゆく。

「あじゅさ、だいじょーぶ？」

朱陽と白花が両側から梓の手をとってくれた。普段、四人の子供を追いかけて鍛えられていると思ったが、慣れない山道はやはりきつい。

「う、うん。二人も動きやすい姿に変身して蒼矢を追いかけていいんだよ」

梓は言ったが女の子たちは首を振った。

「あじゅさのほうがたいへんそう」

「て、ひっぱったげる……」

「ありがとう」

情けないと思わないでもないが、普通の人間だから仕方がない。

「梓ちゃん、翡翠がついとるから大丈夫や。僕らはゆっくり行こう」

玄輝をおんぶしている紅玉が言う。

「でも、人にでも会ったら……」

「大丈夫や、人のおらん場所やから犬も戻れなくなっとるんやろ」

「そういえばどんな犬だったんでしょう？」

ご神木たちは犬の種類については教えてくれなかった。もしかしたら区別はついていないのかもしれない。

「ポメラニアンかトイプードルってとこやない？　女の子の飼ってるもんだし」

「俺たちを見て逃げないといいんですけど……」

「いざとなれば白虎のしーちゃんがいるから大丈夫や、な？」

白花はうなずいた。四つ足の動物とは簡単な意思の疎通ができる。

「あーちゃんもとりさんとならおはなしできるんだけどねーっ」

朱陽が頭上の梢に向かって手を振ると、鳥たちが「ピピピ」「チイチイ」と返事を返してくれた。

「あ、ちょっと待って……今、翡翠が犬を見つけたらしい」

こめかみに人差し指を当て、紅玉が森の奥を見通すような顔になる。蒼矢の念話は届いていないのでもう少し先の方だ。

「わんわん、みたーい」

朱陽が梓の手をひっぱる。

「はやくいこ、あじゅさ！」

「わかった、わかったから……」

積み重なる落ち葉で足が滑る。落ち葉の下の木の根に足がとられる。はあはあと熱い息を吐くと、顔の周りが白く煙《けむ》った。

遠くから犬の吠える声が聞こえてきた。あんがい太い声だったので、もしかしたら大型犬かもしれない。

だが、実際、翡翠の腕の中にいたのは、7キロ程度のビーグル犬だった。ぬいぐるみのように可愛らしい。

「この子かあ」

紅玉は嬉しそうに言って手を差し出す。犬は鼻先で匂いを嗅ぎ、おとなしく撫でられた。

「リードが木の枝に絡んで動きがとれなくなっていたのだ」

翡翠がぼろぼろになったリードを振ってみせた。長い時間、自分を拘束するリードを噛んで切ろうとしていたのか。

「どのくらいここにいたんだろう、かわいそうに……」

梓も犬の頭を撫でた。すっかり汚れてわき腹に浮き出る肋骨《ろっこつ》が痛々しい。

「あじゅさ、わんわんおなかすいてる……」

白花が梓の服のすそを引っ張った。

「ああ、そうだろうね。急いで帰ろう」

梓は翡翠から犬を預かった。やせていても体は暖かい。犬は舌を出して梓の頬をペロリとなめた。

たった一匹で森の中に囚われ、どれほど心細かっただろう。

木々たちがご神木に連絡をとってくれてよかった、そして手伝える自分たちが軽井沢に来ていてよかった、と梓は心から思った。

「む」

翡翠が空を見上げた。葉を落とした木々の上、さっきまで小さかった黒雲が、天幕のように広がっている。

「雨がくるぞ」

翡翠が言うのと同時に、梓は鼻先に水滴を感じた。まるで氷を押しつけられたように冷たい。

「うわ、早く車まで戻らないと……」

と、言う間もなく、まるでバケツで水をかけてくるような勢いで雨が降り出す。

「な、なんだ、こりゃ！」

紅玉は着ていたダウンコートのフードをかぶる。

「いきなりすぎないか!?　翡翠、おまえ泣いてないだろうな！」

「泣いてない！　これは普通の気象現象だ」

足下の地面にたちまち小さな流れができる。

翡翠は白花と蒼矢を抱き上げた。紅玉は最初から玄輝を背負っていたが、もう一人、朱陽も抱え上げる。梓は犬をコートの中に入れた。

「車までけっこうあるぞ」

「まっくらになりましたね、道、大丈夫ですか？」

「あ、ちょっと待て」

翡翠が今来た道とは反対方向に首を巡らせた。

「もう少しいった先にホテルがある。車まで戻るより早いぞ、そっちへ行って雨宿りさせてもらおう」

「ホテル？」

「ああ、私は水滴の当たり具合で建物や地形の形がわかるのだ」

翡翠は雨の中、ふんぞり返った。激しく水に打たれても、翡翠のオールバックは一筋の乱れもないし、眼鏡も曇らない。

「へえ、レーダーみたいやな」

「翡翠さん、意外と使えますね」

「意外とはなんだ！　私はいつでも使える精霊だ！」

二

翡翠の言うとおり、少しいった先にホテルがあった。最初梓はそこを別荘だと思った。想像していたような四角い建物ではなく、二階建ての広い邸宅だったからだ。しかし、入り口には「小さな森のホテル」という案内板が立ててあった。

大きな扉を押して入ると、広いロビーが出迎えてくれた。

マーブル柄を表面に浮き立たせた白と黒のタイルが市松模様を作って広がっている。正面には大人の胸の高さほどのフロントデスクがあり、男女のスタッフが「いらっしゃいませ」と言った後、タオルを持って飛び出してきた。

吹き抜けになった天井からはアンティークな傘のついたライトがいくつも下がっていて、突然の雨で薄暗くなった室内を明るく照らしていた。

大きな窓ガラスのそばには革張りのソファが四つ置いてあり、背後にはガラス戸のついた書棚と、火の入った暖炉があった。三波《みなみ》先生の別荘の暖炉よりも大きな、白い煉瓦《れんが》で組まれたもので、その上には大きな置き時計が置いてある。

居心地の良さそうな居間のような作りだ。

反対側には木製の螺旋《らせん》階段があり、二階につながっていた。

「いらっしゃいませ、突然の雨で大変でしたね」

支配人という名札をつけた男が梓にタオルを渡してくれる。

「すみません、大勢で……汚してしまいまして」

梓は自分たちの泥だらけの靴で汚してしまった床を見て謝った。

「いいえ、汚れならすぐに落ちます。風邪を引かれる方が大変ですよ」

実は紅玉が子供たちを乾かしてくれたので、大量のタオルはあまり濡れなかった。

「こちらへどうぞ」

ホテルの支配人は梓たちをロビーのソファへ案内した。

支配人は五〇代ほどの穏やかな灰色の髪をした男性だった。落ち着いた声は深く響き、笑うと目が糸のように細くなる。包み込んでくれるような雰囲気があり、梓はすぐに彼に好感を持った。

「梓ちゃん、翡翠が言うには雨は二時間ほどであがるそうやて。茶ァでも飲んでゆっくりしよ」

紅玉がそばに来て梓に耳打ちする。子供たちは、と見ると大きなソファの上に乗って、「ぽよんぽよんだあ」とはしゃいでいる。

「そうですね。あ、そうだ」

　梓はコートの前を開いて犬を支配人に見せた。

「実はこの子、森の中で長い間迷子になっていたんです。おなかがすいているようなので、なにか食べるものをいただけませんか？　お金はお支払いします」

　断られるかなと思ったが、支配人はにっこり笑ってうなずいた。

「わかりました。犬用のフードはありませんが、おかゆでも作りましょう。おなかがすいていたのなら、急に食べると胃に悪いですからね」

　よごれた犬の頭を撫でながら言ってくれる。いい人だ！　と梓は感激した。

「お部屋には連れていけないのですが、ロビーにいる分にはいいですよ」

　支配人はそう言って、段ボールにタオルを敷き簡単なベッドを作ってくれた。宿泊客の犬なら部屋にいれることもできるのだとそのとき教えてくれた。

　犬を段ボール箱の中にいれると、おとなしくうずくまる。

「よかったな、ここでちょっと休んで、雨があがったらすぐに飼い主さんのとこに連れてってやるからな」

　梓が頭を撫でると、言葉がわかっているように顔をあげる。梓は犬のからだにもタオルをかけ、念のためリードをつけてロビーにあるソファの足につないでおいた。

「なにからなにまですみません。ありがとうございます」

「いいえ。扉から入ってきた人にはおもてなしを、というのが当ホテルのモットーでして」

「あ、あの」

ロビーをうろうろしていた翡翠が、緊張した顔で支配人のそばに小走りに寄ってくる。

「もしやこのホテルは以前、〝白狼《はくろう》殺人事件〟のロケで使われたホテルではありませんか？」

「おや、よくそんな古いドラマをご存じでしたね」

支配人は細い目を丸く開けた。

「ええ！　私、ミステリードラマが好きで、とくにあの〝白狼〟は階段を使ったトリックが秀逸《しゅういつ》でした。あの階段ですよね⁉」

翡翠が興奮した様子で奥にある螺旋階段を指さす。深い飴色《あめいろ》をした木材でできた大きな階段で、今にも貴婦人が優雅に降りてきそうだ。

「はい、その通りです。あの階段は実は昔のイギリス貴族のカントリーハウスから移築したものなんですよ」

「すばらしい！　拝見しても？」

「もちろんですよ、実はうちの隠れた自慢なんです」

支配人は笑いながら翡翠と梓を案内してくれた。

階段はつねに磨かれているのか手すりも段もつやつやと美しい。手すりの柵ひとつひとつに精緻な彫刻がほどこされ、古いものだというのに、まったく軋む音もなかった。

階段をぐるりとあがると一枚の大きな絵があった。

「おや、この絵はドラマのときにはなかったような」

翡翠が絵を見上げて言う。その絵には若い男女が描かれていた。背景には森が描かれ、男性はスーツで女性はアンティークなドレスを身にまとい、肩に小さな日傘を乗せている。

「はい、これは私の祖父母の肖像画です。このホテルの初代オーナーです。ドラマの時は物語の都合上、外していたんですね」

「ほう。しかしこの絵はホテルにぴったりあってますね。外されたのは残念でした」

梓も絵を見上げて翡翠の言うとおりだと思った。自信ありげな髭《ひげ》の男性、寄り添う女性は少し寂し気な顔はしているがとても美しい。軽井沢の自然の中でこのホテルを見守っているのだろう。

階段を下りていくと子供たちがソファの上から「あじゅさー」と手を振ってきた。支配人は穏やかにほほえみ、梓を振り返った。

「まだ雨もやまないようですし、お子さんたちにおやつもご用意できますよ？」

「あ、そうですか？　ではお願いします」

子供たちは軽井沢銀座でお団子や甘いものを食べてはいたが、ただで雨宿りをさせてもらうのも申し訳ないのでメニューを頼むことにした。翡翠はまだ螺旋階段を上がったり下がったりしている。

下まで降りて改めてホテルのロビーを眺めると、山の中のホテルの割には客が多かった。若者が多く、格好もラフで、妙なことに誰もが首から四角いプレートのようなものをぶらさげている。

（あれって……スタッフ証とかだよな）

昔バイトでイベントの裏方をやったとき、ああいうのを貰ってさげた。それにホテルに遊びにきているというよりは、個々がなにか仕事をしているような雰囲気にも見える。

「ああ、すみません」

梓がロビーの人々を見つめていることに気づいたのか、支配人が眉を下げて笑った。

「実は、今、このホテルでテレビドラマの撮影をやってまして……。急な雨で撮影が一時止まっているんですよ」

「テレビの撮影？」

では彼らはテレビ局のスタッフなのか。しかしドラマの撮影となると、翡翠や白花が大騒ぎしそうだな……。

梓がそんなことを考えていると、背後から「あのー」と声をかけられた。

「はい？」

振り返ると梓と年が変わらなそうな男が気弱げな笑みを浮かべて立っている。やはり首からスタッフ証がさがっている。

（あれ？）

どこかで会ったことがあるような……と見つめると、男がぱっと笑顔になった。

「やっぱり羽鳥！　羽鳥だよな！」

両腕をぱんぱんと叩かれる。その声の調子で思い出した。

「お、おまえ、米田《よねだ》か？」

「そうだよ、懐かしいな！　元気だったか！」

「おまえこそ！」

高校の時の同級生だ。三年になってクラスは別れたが、一、二年の時は放課後よく一緒に遊んでいた。

「こんなとこで会うなんてすっごい偶然だな！　羽鳥は大学、東京に行ったんだっけ」

「ああ、米田もそうだよな。確か芸術系の」

「いや、俺はそこすぐにやめて、デザインの専門学校に入り直したんだ」

久々に会った友人と興奮のあまり大声で話していると、子供たちが興味深げに近寄ってきた。

「あじゅさー」

「だぁれー？」

「あ、あれ？」

米田が梓の回りの子供たちを見てきょとんとし、それから驚いた顔をする。

「え？　これ、この子たち、おまえの子供!?」

「え、あ、いや……」

預かっている子供だ、というと説明が面倒なような気がする。それに仮でも親は親に違いないし……。

梓は頭の中でぐるりと考えると大きくうなずいた。

「うん、うちの子だ。四つ子なんだ」

「ええーっ！」

米田はおおげさに驚く。いや、逆に自分が高校の時の同級生に四つ子が生まれたと聞けば同じような反応をしたかもしれない。

「え、でも、けっこう大きいよな。まさか大学のときにできたのか？」

「う、うん。まあそうだ」

そうか、そういう計算になるか。生まれたのは今年の二月だなんて言えないものな。

「そっかー、そりゃおめでとう。そんで嫁さんは？」

「え、と」

そうだった。子供がいれば母親のことを聞かれるだろう。忘れていた。

「えーっと、母親は……いないんだ。俺がひきとって育てている」

「ええー……」

今度は多少テンションが落ちた声だった。

「嫁さんいないっておまえ……」

そこまで言ってはっとした顔をする。

「そ、そっか……おまえ、人がよかったからなあ……」

あ、何か今、とても残念な想像をされた気がする。

だが、よけいな説明をしなくてもいいかもしれない、と梓は目線を落としてうつろな笑みを浮かべた。

「そっかそっか……大変だけどがんばれよ」

「ありがとう」

米田の中でなにかの物語が完結した。梓はあえてそれを訂正しないことにする。

「みんな、この人は梓の友達だよ。米田くん、ていうんだ。ご挨拶は？」

梓が子供たちの背に手を回して前へ出すと、子供たちは声を揃えて挨拶した。

「こにちわー！」

「はい、こんちわ。みんな元気がいいね！」

米田に言われて朱陽がぴょんぴょん飛び跳ねる。

「あーちゃん、おげんきー」

「おれもげんきー」

「こんにちは、……しらぁな、です」

玄輝はぺこりと頭をさげる。

「うわあ、かわいいなあ！　羽鳥、やるじゃん」

「まあね」

なにに対してまあね、なのかわからないが、とりあえずそう答える。

「それで米田はここでなにしてるの？　ホテルの支配人さんがドラマの撮影をしているって言ってたけど……スタッフ？」

首からぶらさがっているスタッフ証を指すと、米田は人差し指の先でそれを引っ張った。

「ああ、専門学校を出てすぐにテレビ局に入ったんだ。まだＡＤだけど、一応ドラマ作りに参加している。スタッフじゃなくてドラマクルーと呼んでくれ」

「どらま？」

白花がきらきらした目を米田に向ける。

「どらましてるの？　タカシちゃん、でる？」

普段ゆっくりしゃべる白花がすごい早口だ。

「白花、全部のドラマに本木《もとき》貴志《たかし》さんが出るわけじゃないよ」

「え？　出てるよ」

米田の返事に、一瞬、頭上のライトが強く輝く。梓はしゃがみこむと白花の肩を押さえた。

「白花……深呼吸だ、深呼吸」

「あじゅさ……どうちよう……タカシちゃん……」

「待って。ドラマに出ていると言ってもここにいるとは限らないし」

それに米田が再びさっくりと爆弾を放り投げる。

「いるよ？　ロケに来てるから」

ロビーの照明全てがこれ以上ないほどに輝く。フロントに戻っていた支配人がスタッフに照明を点検するように言っている声が聞こえ、梓は顔を覆った。

「落ち着いて、白花。米田、まさか、〝二つの顔の刑事〟のドラマじゃないよな？」

「違うよ、本木貴志は今回のゲストでさ。主演は高円寺《こうえんじ》舞《まい》。見てるか？〝軽井沢マダムの事件簿〟」

そんなドラマあったことも今知ったし。

「そうだったのか。じゃ、じゃあ俺たちは邪魔しないように出ていくよ」

「雨、まだひどいぜ？」

米田があごで外を指す。たしかに雨はまだ止む気配がない。翡翠の予想では二時間ほどで止むはずだが……。

「ま、まあ、ロケといっても会えるかどうかわからないし」

「あ、本木くんだ」

米田が梓の肩の向こうを見て言う。思わず振り返ると本木貴志が階段から降りてくるところだった。

「し、白花っ！　パチパチしちゃだめだよ！」

梓は多少の衝撃は覚悟して白花を羽交い絞めにした。だが、白花は手をぎゅうっと自分の胸に押し付け静電気すら発していない。

「えらいぞ、白花！　我慢だ」

「だいじょぶ……フキちゃんと、とっくんしたから」

興奮したり驚いたりすると、ところかまわず電気を放出してしまう自分の体質に悩んでいた白花は、タカマガハラから派遣された雷獣《らいじゅう》、速光芙貴之命《ハヤミツフキノミコト》に、電気制御を教えてもらったことがある。それがいま、役に立っているらしい。

本木貴志の名前でうっかり照明をどうにかしてしまったようだが、本人を前にして抑えていられるならすごい進歩だ。ただ、今は梓の背後に隠れてしまっているが。

「あれえ」

本木貴志は梓や子供たちを見て笑顔を向けてきた。

「こんにちは。えっと、羽鳥さん、でしたっけ」

爽やかアイドルが一般人の自分の名前を憶えていてくれたことに、梓は感激した。

「こ、こんにちは、ご無沙汰《ぶさた》してます、本木貴志さん」

梓が答えたので米田が驚いている。

「なんだよ、羽鳥。おまえ本木くんと知り合いなのか？」

「知り合いってわけじゃないよ、たまたま池袋で二度ほどお会いしたんだ」

貴志は降りてくると子供たちに「こんにちは」と挨拶した。

「シローちゃんだー！」

「こにちわ！　シローちゃん！」

朱陽と蒼矢は本木貴志のかつての役名で呼ぶ。白花は梓の脚の後ろで「ちがうっ」と小声で抗議した。

「軽井沢には観光で？」

本木貴志は気さくに梓に話しかけてきた。

「ええ、三波先生に別荘をお借りしたんです」

「シローちゃん！　べっしょーのてれびみたよ！　しーちゃんがでーぶいでーもってんの！」

朱陽がさっそく報告する。

「べっしょーのてれび？」

「うん！　シローちゃんのたんてーさんの！　はしがこわれてやまからおちんの！」

「ああ……」

朱陽の雑な説明でもわかったようだった。

「白樺別荘殺人事件だね？　録画してくれたんだ、ありがとう」

「うん、しーちゃんが！」

朱陽はここぞとばかりにアピールする。白花は梓の後ろで恥ずかしくてたまらないと顔を伏せていた。

「そうなんだ、でもあれ怖くなかった？」

「あーちゃん、こあくなかった！　でもそーちゃんこわかったよね」

「こわくなんてないもん！」

蒼矢は「いーっ」と本木貴志に歯を剥いてソファに戻って行った。

「しーちゃんもへーきだったんだけどー、でもほんとにひとがささってたら、こあくてないちゃった！」

「え？」

朱陽のぶっそうな言葉に貴志がぎょっとした顔をする。

「あ、いえ、その、ドラマごっこをやったんです。ドラマと同じようにナイフで刺された真似を。それでちょっと怖がらせちゃって」

梓は急いで言った。テレビの影響でナイフをいじったと勘違いされたら困る。

「そうかぁ。しーちゃんびっくりしたんだね」

声をかけられて白花はますます縮こまってしまう。普段あれだけタカシちゃんタカシちゃんと言っているのに、本人を目の前にすると声も出せないらしい。

「しーちゃん、今撮ってるドラマはね、怖くないミステリーだからまた見てね」

白花はぎゅっと目をつぶってから、意を決したように梓の膝の後ろから出てきた。

「タカシちゃん……がんばってね」

「うん、ありがとう」

小さな一言だが、白花にしては勇気を振り絞ったと言える。貴志がお礼を言うと、ぱあっと頬を染め、また梓の背後に隠れた。

本木貴志は、そのあとスタッフの誰かに呼ばれ、子供たちと梓に手を振ってロビーの方に向かった。途中で段ボールに入った犬に気づき、わざわざ近寄って頭を撫でていった。

「いい人だ」

梓がほのぼのとしていると、

「……わんわん、ずるい……」

と、白花が悔しそうな顔で呟いた。

「しらぁなも……びゃっこになったら……なでなでしてもらえる？」

「犬と張り合うのはやめなさい」

白花は梓のそばから離れて犬のそばに向かった。本木貴志の感触を探るかのように犬の頭を撫でている。

「そういや羽鳥、おまえこのホテルに泊まってんの？」

本木貴志と話している間、おとなしく黙っていた米田が聞いてきた。

「いや、雨に降られて飛び込んだだけだ。支配人さんには親切にしてもらって感謝してる」

「うん、ここ、いいホテルだよな。こんな山の中にあるのにしゃれてて」

「前にもドラマのロケで使われたことがあるんだって？」

梓が言うと米田は驚いた顔をした。

「ああ、先輩から聞いた。おまえ、けっこう詳しいんだな」

「う、うん。実はミステリードラマに詳しい知り合いがいて」

詳しいというかほとんどマニアだ。

「俺は知らなかったけどたぶん米田の作ってる〝軽井沢マダム〟も観てると思う」

「へえ、そりゃありがたい。いや、俺はこのシリーズに参加したのはまだ二回目なんだけど、毎回視聴率はいいんだ。話も面白いしカメラもいい、スタッフも優秀……」

そこまで言ってふう、とため息をつく。

「なんだ、思わせぶりだな」

「役者さんたちもいいんだけどな、主演女優がな」

　さっき米田が言っていた名前はたしか……。

「高円寺舞？　俺も知ってるぞ、よく二時間ドラマに出てる女優さんだ」

　米田は首をすくめた。

「なにか問題が？」

「いや、グチになるし個人情報だから言わないよ。こんな山の中でロブスターが食べたいって急に言い出したり、顔のいいスタッフに肩もませたり、女性スタッフをバカにしたりするなんてことは」

　梓は笑ってしまった。

「言ってるじゃないか」

「今日も朝から頭が痛いって全然集中しなくて、だらだらやってたらこの雨だ。今日中に東京に戻るつもりだったけど、この分じゃ泊まりかもな」

「ホテルがいいんだからラッキーじゃないか」

「バカ、こんな高いホテルに泊まれるのは高円寺舞と本木貴志くらいだ。ああ、そうだ」

　米田は立ち止まり、梓を振り返った。

「ホテルっていえば……羽鳥、ここ、出るらしいぞ」

　あからさまに話を変えた米田に梓は首を傾げる。

「え？　なにが？　クマ？」

「こんなシチュエーションでボケるなよ。出るっていったら……幽霊だよ」

三
「幽霊？」

梓はちょっと米田から身を引いた。

「羽鳥。あの螺旋階段、上ったか？」

米田は飴色のアンティークな階段を指さして言った。

「う、うん。さっき、見せてもらった」

「上に肖像画があっただろ？」

「ああ、ここの創始者夫婦の」

「あの絵の女性が、螺旋階段を下りてくるっていうんだ。結構界隈《かいわい》では有名だぞ」

「へえ」

米田は梓の反応につまらなそうな顔をした。

「なんだ、もっと怖がるかとおもったのに。おまえ、前はそういうのぜんぜんダメだっただろ」

「いやあ……」

四神子の仮親になってからさんざんその手のものは経験しているので噂話程度では動じなくなった……とも言えず、梓は曖昧《あいまい》な笑みでごまかした。

とはいえ、苦手は苦手だ。いい絵なのに、もう見たくなくなっている。

「ほら、一年のときの夏休みの肝試《きもだめ》しでさ、おまえ、腰を抜かして動けなくなってたじゃないか」

「よせよ、そんな古い話……」

そのとき、いきなり女のけたたましい悲鳴が聞こえ、梓は飛び上がってしまった。

「な、ななな……」

「あ、やっぱ恐がりだった……って、あの声、高円寺さんじゃないか？」

どたばたと派手に足音を響かせて、ガウンをまとった大柄な女性が螺旋階段を駆け下りてきた。

高円寺舞は梓も知っている有名女優だったが、化粧をしていない顔は近所のスーパーでカートを爆走させている主婦と変わらなかった。

「どうされました!?」

支配人やホテルのスタッフ、それにロビーにいたドラマのクルーたちが駆け寄ってゆく。

米田も梓のそばから離れ飛んでいった。

「どうしたもこうしたもないわよ！　だれかがアタシの部屋に入ってきたのよ！　殺されそうになったわ！　ここのセキュリティはどうなっているの！」

高円寺舞は床の上にしゃがみこんで叫んだ。

「高円寺さま、どうぞこちらへ」

支配人とスタッフが手を貸して高円寺をロビーに連れて行く。高円寺舞はよろよろと立ち上がり座ろうとしたが、すぐそばに段ボール箱があるのを見て顔をしかめた。

「なによ、このホテルじゃごみをロビーに置いておくの？」

高円寺舞がそう言ったとき、タオルをかけられて眠っていた犬が、ぴょこりと顔をあげた。

「きゃあっ！　犬！」

高円寺舞は叫んで段ボール箱をけ飛ばす。犬は箱から飛び出して「キャンッ」と鳴いた。

「やだ、きたない！　なによこれ！」

高円寺舞はつま先で犬を押しのける。

「なにすんだー！」

蒼矢がソファから飛び降りて犬に駆け寄る。

「わんわん、いじめんな！」

「わ、すみません！」

梓は犬に駆け寄り、あわててリードを解こうとした。

「なによ、あんたの犬なの？」

「いや、ええ、まあそうです、すみません」

焦るのでなかなかほどけない。ようやくほどくと蒼矢ごと犬を高円寺舞から離した。

「こんなところに置いておかないでよ、もう」

高円寺舞はドカリと椅子に腰を下ろし、頭を両手で抱える。

「ああ、頭が痛い！　ここに来てからずっと気分が悪い、おまけに不審者！　どうなっているの」

「あのおばちゃん、きらいだ！　わんわんいじめる！」

蒼矢が犬を抱きしめてわめく。高円寺舞の背中がぴくりとふるえ、首がものすごい勢いで振られた。

「おばちゃん？」

「高円寺さま、コーヒーでもいかがですか？」

絶妙なタイミングで支配人が美しいコーヒーカップを差し出す。高円寺舞はしばらく蒼矢を睨んでいたが、大きく息をつくとカップを手に取った。

「大事な指輪とブレスレットを盗まれたわ、警察を呼んでちょうだい！」

「指輪とブレスレットですか？」

支配人が胸ポケットから手帳を取り出し書きとめる。

「そうよ！　アタシの大事な指輪とブレスレット……」

「不審者がいて飛び出してきたのに指輪とブレスレットがなくなっていたことを確認する時間はあったんですか？」

支配人とは違う声がかけられた。

「起きたら指輪とブレスレットがなくなってたの！　おかしいなと思ったらベランダにだれかいたのよ……ってあんただれよ！」

高円寺舞は声のした方を睨みつけると、回りにいたスタッフがさっと別れる。そこには翡翠が立っていた。

右手で左の腰を抱き、左手の中指で眼鏡のブリッジを持ち上げるというあまりにも不自然なポーズ。ちなみに足はクロスさせている。

「ひ、翡翠さん……」

「あ、あれ、ガイアシルバーのへんちんポーズだー」

朱陽がうれしそうに言う。現在放映中のガイアドライブ、その中の新キャラ、ガイアシルバーは眼鏡キャラで朱陽のお気に入りだ。

「支配人、今お部屋を調べましたが中には誰もいませんでした。でもベランダへ続く窓が開いていて、部屋のカーペットにも汚れがありました」

二階から駆け下りてきたスタッフが報告する。それを聞いて翡翠はうなずいた。

「支配人、このホテルのドアはオートロックですか？」

翡翠はそのポーズのまま支配人に聞いた。見ている梓の方が恥ずかしくて顔を覆う。

「え、ええ。その通りです」

「では高円寺さんが眠っていたなら鍵はかかっているはず。しかしものがなくなりベランダに人がいて窓は開いていた……。高円寺さん、私に部屋へ入る許可をいただけませんか？」

高円寺舞はきれいにマニュキアされた指を翡翠に突き付けた。

「あんただれよ！　警察なの？」

「私は翡翠、探偵です」

翡翠は今度は逆の手で眼鏡を押さえる。

「翡翠さん、冗談は……」

もうやってられない、と止めようとした梓の肩を紅玉が叩く。

「紅玉さん」

「やらせとけ、あいつなにか考えがあるんやろ」

紅玉はあきらかに面白がってる。翡翠が全身でぼけようとしているのを楽しんでいる顔だ。

「でも……」

梓は高円寺舞のそばにいる米田を見た。高校時代の友人を困らせるのは本意ではない。

「探偵ですって？　ふざけないでよ」

「これはこれは。〝軽井沢マダムの事件簿〟の高円寺舞さんのお言葉とも思えませんね。突然の嵐の夜、密室で何者かに襲われる美女、そうなったらホテルに探偵がいるのは必定！」

「――今は昼だし窓が開いてたら密室やないし美女というのも無理があるけどな」

紅玉が耳元でボソリというので梓は吹き出しそうになった。

「さあ、支配人。私を高円寺さんのお部屋に案内してください！」

「いや、それはご遠慮ください」

支配人がきっぱり言ったので、翡翠はポーズを崩してよろめいた。

「なんと!?」

「窃盗があったというなら犯罪です。高円寺さまの部屋に不審者がいたというのも大問題です。警察を呼びましょう」

「いや、しかし、そうなったらここに警察が来て捜査が始まってドラマのロケはストップしますよ？」

言い訳じみた翡翠の声に、ドラマクルーたちがざわざわと騒ぎ出す。

「いや、それは困ります。ただでさえこの雨で撮影が遅れているんですから！」

クルーの一人、あとでディレクターだと米田が教えてくれたサングラスの男が悲鳴のように叫んだ。

「なによ！　アタシより撮影が大事なの？」

その言葉が終わるまえに高円寺舞が大声でかぶせる。

「い、いや、そういうわけでは」

剣幕にたじたじと押されるサングラス男に、翡翠が悪魔の誘惑のように優しく囁く。

「大丈夫ですよ、私が解決します。警察より早いことは保証します」

「ほ、ほんとですか？」

ディレクターの心がグラついているのを見て、高円寺舞がソファから立ち上がった。

「ちょっと、あんた！　まさかこんな得体のしれないやつの言うこと聞くつもりじゃないでしょうね……あ、もしかしたらあんたが不審者なんじゃ！」

「それはありませんよ、高円寺さま。この方は高円寺さまがお部屋から出てこられる前から私と一緒にいましたから」

支配人がコーヒーと同じような絶妙なタイミングで言葉をはさんだ。

「あの、お部屋を見てもらうくらいはいいんじゃないですか？」

そこにおずおずと言葉を投げかけたのは、今までおとなしく座っていた本木貴志だ。

「翡翠さんは三波先生のお知り合いですし……三波先生といえば探偵小説の第一人者ですから」

本木貴志は一度三波潮流《ちょうりゅう》の家で翡翠と会っている。そのことを思い出したのだろう。

「そ、そうなんですか⁉　三波先生って確か本木くんがやってる〝二つの顔の刑事〟の原作者だよね！」

高円寺舞に怒鳴られていたディレクターが明るい声をあげる。

「そうだ、木曜サスペンスの〝黒い霊柩車《れいきゅうしゃ》〟シリーズとか〝おしゃべり探偵〟シリーズとかも！」

米田もメジャーなミステリードラマのタイトルをあげた。

「〝潮流探偵メモ〟って確か三波先生が秘書を使っていろいろ聞き込みをして書斎で推理する話だったよね！」

さすがベテラン作家だけあって次々とドラマ化された名作が出てくる。しかし、問題はそこではない。

（本木さん、三波先生の知り合いだからって翡翠さんは探偵じゃないし、推理作家がみんな探偵なわけじゃないですよー！）

梓は心の中で叫んだ。

ドラマクルーの目が救世主を見るように翡翠を見つめる。翡翠はその視線を受けて再び最初のポーズに戻った。

「どうでしょう?　高円寺先生」

本木貴志は高円寺舞の椅子のそばに膝をついて見上げた。白花の好きな端正な顔は、見上げるアングルだと少し甘えるような顔になるらしい。高円寺舞の下がっていた口角がひくりと上に向いた。

「たっくんがそこまで言うンなら……」

(たっくん!)

このつっこみは梓ではない。近くにいた白花の念話が梓の頭に突き刺さったのだ。

(し、白花、抑えて)

(たっくん……かあいい……しらぁなもそうよぶ……)

ぱあっと頭の中に花が咲くようなイメージが広がった。怒りではなかったようでほっとする。

「では客室へ参りましょう」

「こちらです」

支配人と翡翠を先頭に、高円寺舞やドラマクルーたちがぞろぞろと螺旋階段をあがる。

それを見送り、梓は紅玉を振り向いた。

「翡翠さん、ほんとに大丈夫でしょうか？」

「あっこまで大見得《おおみえ》切ってなんもできんかったら大笑いやな」

「でもなにか考えがあるって」

「ん――？」

紅玉はにんまり笑う。そのかわいらしい顔に浮かんだ人の悪い笑みを見て、（あ、これは根拠がない）と梓は絶望した。

「お、俺、様子を見てきます！」

梓は子供たちを紅玉に頼んで階段を駆け上がった。


客室は支配人の言うようにオートロックなので、ドアを閉めれば鍵がかかってしまう。支配人はマスターキーを使って鍵を外し、ドアを開けた。

部屋は二間続きのスイートになっていて、手前の部屋にはローテーブルにソファ、二つの椅子、チェスト、クローゼットがある。

奥の部屋は高円寺舞が寝て起きたそのままの状態のベッド、サイドテーブル、オーディオセットがあった。

「高円寺さん、ブレスレットや指輪はどこに置いていらしたんですか？」

翡翠が部屋の中央に立って言った。

「寝る前に外したからサイドテーブルよ。起きたときそれをつけようと思ったらなかったんだもの」

高円寺舞が不満げに言う。翡翠はサイドテーブルに近づき、その表面に顔を寄せた。

「ふむ……次にカーペットの汚れですが」

サイドテーブルからベランダまで確かに足跡のようなものが見える。だが靴跡というよりはもっと小さな、手の跡のようにも見えた。

梓が部屋に到着したときには、翡翠はベランダにいて、下を見下ろしているところだった。

「なるほど」

翡翠はひとりごちるとベランダから戻り、支配人に言う。

「ベランダから外へ逃げるのはむずかしそうですね」

「はい。ここは正面から見れば二階建てのホテルですが、客室の外はすぐに崖になっていてかなり高いはずです。ロープを使って上り下りもできるかもしれませんが、下は川で車も入りません。窓から進入するのはむずかしいのではないでしょうか」

一分の隙もない説明だ。翡翠はうなずき、なにかを考えているようだったが、クルーの間から梓が覗いているのに気づくと、こっちへこいと合図をした。

「翡翠さん、なにかわかったんですか？」

そばに駆け寄ると、翡翠は梓の肩を抱いて雨のベランダに連れ出した。

「見ろ」

翡翠が下を指すと、支配人の説明通り、深い谷になっている。雨のせいで下の川はかなりの水量があった。

「こんなところ、人間は降りられない」

「そうですね」

「……どうしよう？」

「はあ？」

心細げな翡翠の声に、梓は思わず声をあげた。その口を翡翠が塞ぐ。

「犯人はここから下に降りたのだと思っていたのだが」

相変わらず雨に濡れても髪型が変わらない翡翠だが、水の伝うその頬は青くなっていた。

「……翡翠さん？」

「窓が開いていたのなら窓から入って窓から出て行ったと考えるのが妥当だろ？　そうしたらあとはこの雨の水滴を使ってこのあたりをうろついている人間を捜せばいいと思っていたのだ。だがこれでは推理の根本から違ってくる」

翡翠は谷底と梓に視線を向けながらおどおどした口調で言った。

「ちょっと……。それ、推理でもなんでもないじゃないですか！」

「しいっ」

翡翠は梓の首を腕の下に巻き込んだ。

「だからどうしようかと相談している」

「無理ですよ！　俺にわかるわけ……」

抗議しようとするとぐいぐいと首を絞められる。

「おまえだって翻訳もののミステリーを読んでいるだろうが！」

「小説は小説ですよ、事実なんかじゃ……」

言いながら梓はふと思い出したことがあった。

「翡翠さん、さっき人間は降りられないって言ってましたね」

「え？　ああ、私や紅玉なら可能だがおまえは無理だろう」

「翡翠さん、世界で最初の探偵小説は知ってますか？」

「もちろんだ。翻訳ものが苦手な私でも知っているぞ。大正時代に森鴎外《もりおうがい》が訳したものを読んでいるのだから……あ、」

翡翠は梓を放り出し、がばっとベランダの手すりを掴んだ。それから部屋に戻り、カーペットに這いつくばって汚れを見つめる。

「そうか、そうだったのか」

立ち上がると梓に向かってガッツポーズを繰り出した。

「世界最初の探偵小説、ポーの名作だな！」

「その可能性はあるんじゃないですか」

「うむ、残っていた水の成分でわかった」

翡翠は晴れ晴れとした顔でリビングに戻って再び中指で眼鏡を押し上げた。

「謎はすべて解けた！」

「それはいいですから」

「やらせろ、こんな機会滅多にないのだぞ」

翡翠は支配人と高円寺舞、そして集まっているドラマクルーに声を上げた。

「犯人は、この山に棲《す》む——猿だ！」

四

翡翠は猿が雨を避けようと、開いていた窓から中に入り、きらきらとしたものに惹かれてそれを盗み、再び窓から出て行ったのだと説明した。

「猿ですって！　どこにそんな証拠があるのよ！」

高円寺舞は憤慨して叫んだ。確かに簡単に信じられるものではない。

「証拠もなにも、窓からは人間は出入りできん。それにカーペットに落ちていた汚れ、そしてベランダの柵についていた毛がそれを示している」

「汚れからわかるっていうの⁉」

「水がそう言っている」

その言葉にドラマクルーたちが「〝科捜研《かそうけん》の旦那〟だ！」「大河内《おおこうち》博士のセリフだ」とテンションをあげる。

翡翠にとっては純粋に水の言葉という意味だが、普通の人間には科学捜査を行い水の分析をしたと思えたのだろう。

「だ、だったらあたしの指輪とブレスレットはどうなるのよ！　猿が持って行ったのなら取り返せないじゃない！」

「いや、それは簡単に取り戻せますよ」

翡翠は落ち着いて言った。

「私に五分だけ時間をください」

そのセリフもなにかのドラマのセリフだったらしく、クルーたちが嬉しそうにガヤついた。

「五分ってどうするんですか？　翡翠さん」

一緒に階段を下りながら梓が小声で聞く。

「猿がどこかに隠してしまえば水で探すことはできないんじゃないですか？」

「その通りだ、鋭いじゃないか、羽鳥くん」

「気持ち悪いですからその探偵ごっこはやめてください、どうするんです？」

「蒼矢に頼むんだ」

ロビーにいくと子供たちは紅玉と手遊びに興《きょう》じていた。じゃんけんをして買ったらばんざいをして負けたら頭を押さえるという単純な遊びだが、調子のいいかけ声で延々と続けられる。本木貴志もそばにいて、一緒に遊んでいた。

「あ、すみません、本木さん、遊んでもらって」

「いいえ、どうでしたか？」

本木貴志は朱陽相手に〝負け〟のポーズで頭を下げていた。

「はい、部屋に侵入したのは猿だとわかりました」

「猿ですか！　そういえば町の中で猿に注意っていう看板を見ましたよ！」

「蒼矢、ちょっと頼みがある」

翡翠は玄輝と一緒に遊んでいる蒼矢の肩を叩いた。蒼矢は「おちゃらかおちゃらか」と元気よく歌っている最中で、翡翠を無視する。翡翠はしゃがむと本木貴志に聞こえないように小声でささやいた。

「蒼矢、頼むから力を貸してくれ。高円寺舞の大事なものを猿が盗ってしまったのだ。青龍の力で木々にブレスレットと指輪の隠し場所を聞いてほしい」

「こーえんじまいってだれ？」

蒼矢は手遊びをやめて翡翠の顔を見上げた。

「さっきここに座っていた女の人だ」

「おばちゃん？」

「そうだ」

蒼矢は下唇を突き出す。

「やだ、あのおばちゃん、わんわんけとばしたんだよ」

「そこを曲げて頼む。このままだと私がうそつきになってしまうのだ」

「うしょつき？」

玄輝がとんとんと蒼矢の膝を叩く。翡翠を指さし、同じ指で外を指した。手伝ってやれと言っているらしい。

「もー、ひーちゃんは、ちょーがないなー」

蒼矢はわざとらしく両手を広げて肩をすくめるまねをする。

「おれがいないとだめなんだからー」

「おお、蒼矢、頼めるか？」

「ちょーがないでしょ、うしょついちゃだめだもんね！」

蒼矢がソファから飛び降りる。

「げんちゃん、またあとでね！」

蒼矢はバイバイと手を降って、翡翠と一緒に玄関に駆け出してゆく。

「どこへ行くんですか？　翡翠さん。蒼矢くんと一緒になんて」

本木貴志が不思議そうに二人の後ろ姿を見送る。

「い、いえ、その……えっと、さっき蒼矢が猿を見たって話をしてたから、探しに行くんじゃないかな……」

嘘をつくことに慣れていないので、どうにもしどろもどろになってしまう。

「ええっ⁉　この雨の中をですか？」

さっきよりは小降りになってきたとはいえ、雨はまだ降り続いている。本木貴志は心配そうな顔になった。

「遭難しませんかね……、猿を探すって大変なんじゃゃ……」

玄関の扉が開いて翡翠と蒼矢が戻ってきた。

「見つかったぞ！」

「えっ、はやっ！」

本木貴志は驚くが、梓にはわかった。

外へ出た蒼矢は青龍となって森の声を聞き、飛び立った。翡翠もそのあとを追った。

二人は木々たちに教えられた隠し場所になんなく到着し、そして戻ってきた。それだけ
だ。

人の手なら数時間、なんなら数日かかるだろうが、彼らにとっては朝飯前の仕事だ。

「五分……とはいかなかったが一〇分以内だったな」

翡翠はロビーに集まっている人たちの前に進み出て、手に持ったアクセサリーを見せた。

「どうです、高円寺さん。これがあなたの失われた宝石ではないですか？」

高円寺舞は翡翠の手から金色のブレスレットを取り上げた。小さな光る石が散りばめられた豪華なものだった。

「そうよ、そうよ、これだわ！」

高円寺舞はすぐにそれを左の手首にはめ、その腕を高々とあげてみせた。

「戻ったわ！」

「おおー」とそこにいた全員が拍手をする。しかし、そのすぐあと高円寺舞はこめかみを

押さえてブレスレットを凝視《ぎょうし》した。

「……指輪は？」

「え？」

「指輪はどこ？　指輪がないのよ」

高円寺舞は顔をあげ、噛みつくように翡翠に向かって言った。

「いや、猿の隠した場所にはこのブレスレット以外ありませんでしたよ」

「うそよ！　指輪もあるはずでしょ！　指輪も持って行かれたのよ、わたしの指輪……わたしの指輪、指輪、指輪、指輪ああああっ！」

高円寺舞の様子がおかしい。ドラマクルーが翡翠のネクタイを締め上げる高円寺舞のからだを押さえた。

「高円寺先生、落ち着いてください」

「どんな指輪だったんですか」

「どんな……？」

高円寺舞は自分の手を見た。その手には二つリングが輝いている。

「この指にはめていたの、赤いルビーの指輪よ！」

「ルビーの指輪ですか？　しかし高円寺先生はそんな指輪されていなかったと思いますよ？」

クルーが他のスタッフに言うと、何人かはうなずいた。

「高円寺先生の衣装は私が担当させていただいてますが、こちらにいらしたときそんな指輪ははめていらっしゃらなかったはずです」

「あら、そうね。アタシ、ルビーの指輪なんてもってないわ……」

しかし次の瞬間には激しく首を振り頬に爪を立てる。

「嘘よ、嘘。わたしの指輪よ、知ってるでしょう？　ルビーの、あの人にもらったのよ、結婚指輪を」

「え？　先生は独身じゃなかったんですか？」

「独身よ、もちろん。あら？　アタシなにを言ってるの？」

それまで黙って見ていた紅玉がソファから立ち上がり、高円寺舞に近づいた。

「高円寺さん、あんたちょっと疲れているみたいやわ。部屋で休んだ方がええ」

「な、なによ、あんた。いきなり失礼じゃないの!?」

「失礼ついでに」

紅玉はさっと高円寺舞の額に触れた。高円寺舞は口を「あ」の発声のままに開け、その場にへなへなと崩れ落ちる。紅玉は自分より大柄なその体を軽々と抱き上げた。

「紅玉さん？」

驚く梓にウインクしてみせる。

「大丈夫や、疲れとるだけや……すみません、みなさん。高円寺さんを運びますので部屋を開けてもらえますか？」

ドラマクルーたちはざわめいたが、紅玉の落ち着いた言葉と様子に従う方がいいと判断したようだ。支配人が先に立ち、高円寺舞の部屋に案内する。

「高円寺さん、大丈夫でしょうか？」

梓が翡翠に言うと、翡翠はよそを向いていた。視線はロビーの暖炉のあたりに注がれている。

「ああ、なるほど」

まだ探偵気取りなのかとむっとしたが、翡翠はまじめな顔をしている。

「なんですか？」

「高円寺舞はつかれていたのだ」

「ええ、紅玉さんがそう……」

「意味が違うな」

翡翠はすたすたと暖炉の前に進む。

「翡翠さん？」

「彼女はとり憑《つ》かれてたのだ、このホテルの創始者の奥方に」

「ええっ⁉」

紅玉が二階から戻ってきた。

ドラマクルーたちも休憩に入ることになったらしい、本木貴志を含め、全員が食堂に移動した。

今ロビーにいるのは梓と翡翠、紅玉、それに子供たちと犬だけだ。フロントには女性スタッフが一人立っている。

梓がソファに座ると子供たちがその回りに腰を下ろした。

「ここに、いらっしゃるんですか？　その……奥様が」

梓はさっき階段の上で見た肖像画の女性を思いだそうとした。だが、梓の目にはなにも見えない。

「うん、いらっしゃる」

紅玉はちらりと背後のフロントの女性を窺い、小声で答えた。フロントの女性はカウンターに顔を伏せ、なにか作業をしている。

「どうして高円寺さんにとり憑いたり……」

「高円寺舞がブレスレットを失くしたからや」

紅玉は暖炉の方を見つめて言った。

「奥さんは昔指輪を失くされている」

せやな？　と紅玉が空間に向かって言って、うなずく。

「自分の指輪も一緒に探してほしかったんや。でもブレスレットを盗ったもんと指輪を盗ったもんは違う。奥さんにはそれがわからんかったんやろ」

梓はさきほどの高円寺舞のちぐはぐな様子を思い出した。あれは一人のからだに二人の意思が入っててああなったのか。

「そういえば米田がこのホテルには幽霊が出るって……奥さんが絵から抜けて階段を歩く、と言ってましたが」

ピシッとなにかが弾けるような音がした。暖炉の中の薪がガランと崩れて炎が勢いよく燃え上がる。

梓はあわてて口を押さえた。

「奥さん、どうしても指輪を取り返したいんやなあ」

「結婚指輪なんだから思い入れが強いのだろう」

翡翠が腕を組み、同情めいた顔をする。

「探してやらないでもないが、なにか手がかりはないのか？」

傍目には暖炉を見つめながら穏やかに話をしているようにしか見えないだろう。実際はここに死んだ人の霊がいるのに。

「ああ、夏に？　写生《しゃせい》をしているとき、手に汚れがついたので洗っているうちに失くなった？　外でか？」

「すぐそばに置いておいたんやね？　なのに失くなったの。転がったとか？」

「カラス？　カラスが飛んでいった？」

翡翠と紅玉が交互に話しかけ、だいたいの全容がつかめた。

「謎はすべて解けた」

梓がそう言うと翡翠が恨めしそうな顔を向ける。

「私が言おうと思っていたのに！」

「朱陽」

梓は翡翠を無視してソファの上でひっくりかえっている朱陽に声をかけた。

「今度は朱陽の出番だよ。朱陽は鳥さんとお話できるって言ってたね？　どこかのカラスの巣に赤い指輪が置いてないかな」

梓が朱陽にそういうのを聞いて、紅玉が首を振った。

「だけど、梓ちゃん。ずいぶん昔のことや。残っているかどうか」

「カラスは古巣も利用すると聞いています。もしかしたらずっと残っているかもしれません」

朱陽はぴょんとソファから飛び降りると、

「あーちゃんにおまかせよ！」

と、玄関に向かった。梓や他の子たちも一緒に外へ行く。雨はもうあがっていて、肌寒さの中に森の木々の強い香りがした。

「カラスちゃーん」

朱陽は空に向かって手を伸ばした。

「あーちゃんのおたのみ、きいてー」

カアカアカアと森からカラスの群がやってくる。ほんのりと赤くなった西の空から、まだ昼の光の残る東の空から。

たくさんのカラスが固まりとなって朱陽の頭上を通過し、またぐるりと旋回して戻ってくる。朱陽はにこにことカラスの鳴き声を聞いていたが、やがて梓を振り向いた。

「あんねー、ゆびわあるってー」

「そう、よかった。どこに？」

「カラスちゃん、あんないしてくれるー。あじゅさもいく？」

「いや、梓は行けないな……翡翠さん、お願いできますか？」

「うむ、行こう」

朱陽が飛び上がって朱雀の姿になる。カラスたちはその回りをドーナツ状に取り囲んで旋回した。

（いってきまーす）

オレンジ色の夕日が木々の上に広がってゆく。暗くなる前に帰ってくるんだよ、と梓はカラスと朱陽を見送ってつぶやいた。

終

その後、二〇分ほどして朱陽と翡翠は戻ってきた。無事に赤い指輪を手にしている。

「カラスちゃん、ほかにもいーっぱい、もってたよ！」

代々のカラスがため込んだものがあったのか、さまざまな光り物の下にその指輪は押し込められていたという。

梓は指輪を受け取り、その汚れをハンカチでふき取った。まるで今日の夕日のように赤く輝く指輪だった。

紅玉がそれを暖炉の前に持ってゆく。

「さあ、どうぞ。奥さん。これでホテルの中をさまよわなくてすむな？」

なにもない空間に紅玉が指輪を差し出していた。だが、梓には見えた。白い手がにじみ出すように暖炉の炎の前に現れたのを。

その手は指輪をいとおしげに撫で、左手の指で右の薬指にはめる。

白く細い指のその赤い光が映えていた。

「お似合いですね」

思わず声をかける。

梓には手しか見えなかったが、その手は雄弁に喜びを語った。

やがてその手も消えていった。

「これで心残りもなくなったやろ」

「よかったです。高円寺さんも元に戻りますね」

「うーん……」

紅玉が難しい顔をする。

「どうしたんですか？」

「なんか今回、雨が降ったあたりから……いや、神木たちに頼まれて犬を探しにきたあたりから……全部あの奥さんの計画通りやったんやないかなーって」

「ええ？」

「さっき支配人に聞いたんやけど、このホテルの創始者は、諏訪神社と縁が深いらしい……」

「はあ……そうだったんですか」

梓はロビーの奥の螺旋階段を見つめた。階段を上がった先の肖像画、あの中で美しい夫人が満足そうに笑っているのかもしれない。

「まあとにかく、雨もあがったことですし帰りましょう」

「そうやね」

いろいろと思うことはあるが、犬も見つかったしブレスレットも指輪も出てきた。みんな幸せになったのだからいいだろう。

梓は食堂にいた米田に挨拶をして連絡先を交換しあった。本木貴志は白花の願いに応えてハンカチにサインをしてくれた。ホテルの支配人は「またぜひおいでください」とパンフレットをくれた。

宿泊料金はかなりするが、いつかは泊まりに来ようと梓は胸に誓った。


軽井沢銀座から諏訪神社へ向かい、並んでいるご神木の間を通って社務所《しゃむしょ》に向かった。社務所に「犬を探しています」のポスターが貼ってあることをご神木たちから聞いていたためだ。社務所に顔を出すと、すぐに飼い主に連絡をとってくれた。

電話で聞く飼い主の声は、まだ若い女性だった。飼い主はすぐに神社に向かうと言い、お礼をしたいとも言ったが、「子供がいるので暗くなる前に帰ります」と名前だけ伝えておいた。

犬は飼い主が来るまで社務所で預かってくれることになった。蒼矢は自分が見つけた犬に後ろ髪を引かれているようだったが、ほんとの飼い主さんが来るから、と宥めた。

帰途に着く前に本社《ほんやしろ》に寄って主神のタケミナカタノミコトに挨拶をしたが、神様は現れることはなかった。

振り返るとご神木の梢《こずえ》に七人の姿が見えた。みんな嬉しそうに笑って手を振っている。梓も手を振り返し、こうして大騒ぎな一日の幕が閉じた。

その夜、「森の小さなホテル」の支配人は、ホテル内の見回りを終え、いつものように祖父母の肖像画にお休みを言いに行った。

懐中電灯で肖像画を照らす。そのとき、ふと、いつもと違う気がして一歩下がって見上げた。

「おや……」

祖母の右手に赤い指輪が輝いている。

「おばあさま、指輪なんかしてらしたかな」

懐中電灯の輪の中に浮かんだ祖母は、穏やかにほほえんでいる。ちょっと寂しげな印象があった様子が、今は幸せそうだ。

「ん――……？」

支配人は首をかしげたが、自分の記憶力の曖昧さのせいにした。

今日はいろいろあって疲れたからな。ドラマの撮影が延びて大女優さまはまだいらっしゃるし、明日も撮影クルーが押し掛ける。

早く戻って寝よう。

支配人は螺旋階段を下りた。

肖像画の夫人の指の石は、懐中電灯の明かりが去っても、しばらく赤く輝いていた。

第五話

家へ着くまでが遠足です

別荘の扉の鍵を閉める。金色の真鍮《しんちゅう》の鍵は、ガチャリと開けたときより幾分重たげな音をたてた。

梓《あずさ》は三日間お世話になった別荘、スタイルズ荘を見上げた。

緑の三角屋根に煙突。二階には二つの窓と木製のバルコニー、一階のフランス窓から続くウッドデッキ。

枯れた蔦が白い外壁を覆い、朝の日差しの中にしん、と佇んでいる。どこか遠くで鳥が高く鳴いた。別れを告げるように聞こえるのは人の勝手な感傷《かんしょう》だろう。

「楽しかったな」

自然がいっぱいの見知らぬ土地で過ごすというのは毎日が冒険のようだ。実際、命の危険もあった、冒険も冒険、アクション巨編だったような気がするが、終わってしまえば楽しい思い出だ。

千年前のスーパースター、安倍晴明《あべのせいめい》に会って妖怪退治を手伝ったり、殺人事件もどきが起きたり、遊園地では自分の弱さに強制的に向き合わされ、森の中で犬を探したり幽霊の失くしものを探したり。

初めての別荘ライフのなんと盛沢山《もりだくさん》だったことか！

「……普通の別荘ライフではここまでの大サービスはないよね」

「あじゅさ、またこようねえ」

朱陽《あけび》が左手にぶらさがる。

「おれ、たきにりべんじすんだー」

蒼矢《そうや》が背中に飛びつく。

「タカシちゃんかっこよかった……」

白花《しらはな》が右手をつなぐ。

「……」

玄輝《げんき》はあくびをして梓の膝に寄りかかった。

「そうだね、また三波《みなみ》先生にお願いしてみようね」

梓は左右の朱陽と白花の手を、玄輝につながせ、蒼矢を背中からおろして言った。

「さあ、翡翠《ひすい》さんと紅玉《こうぎょく》さんが待ってるよ、車に乗って」

「あいあーい！」

子供たちは全員で手をつなぎ、車に走ってゆく。梓もそちらへ行きかけ、もう一度振り向き、別荘に向かって軽く頭を下げた。

軽井沢駅に近づいたとき、助手席に乗っていた紅玉が、いきなり、

「梓ちゃん、外！」

と声をあげた。

「え？」

紅玉の指さす方には小さなレストランがある。その入り口の前で看板を出している人に見覚えがあった。

「甲斐《かい》さんだ」

死ぬために軽井沢までやってきて、別荘に入り込んでいたあの人が、今、お店で働いている。

「よかった、仕事が見つかったんだ」

車は甲斐の前を通り過ぎた。甲斐は玄関前の掃除をしていたのでこちらには気づかなかったようだ。

だが、無事に元気で働いている姿を見られてうれしい。

「ここから甲斐さんの再出発ができるといいんですけど」

「そやな、こんど来たらあの店に寄ろうか」

「はい」

人生に絶望していた甲斐さん、新しい生活、がんばってください。

梓は小さくなってゆく甲斐の姿に心の中で手を振った。

ＪＲ軽井沢の駅でレンタカーを返しに行っている翡翠を待っていると、カランカランと小気味いい下駄の音が響いてきた。

見ると、赤毛を肩に翻した大柄な男性がこちらへやってくる。

着ている着物は、蛇が足元から巻き付き肩で口を開けているという迫力のあるものだ。

梓の横にいた紅玉が、さっと頭を下げた。

「建御名方富命《タケミナカタトミノミコト》さま」

「よう、お前さんが四神子の仮親の人間かい」

タケミナカタは梓の前で胸をそらした。

大きい。背も高いし体積もおそらく梓の二倍はあるだろう。着物の下からも胸板の分厚さがわかる。ひょろりとした自分が恥ずかしく思えるほどだ。

「はい、羽鳥《はのとり》梓と申します」

しかし自分は仮とは言え子供たちの親だ。親が弱気なところを見せられない。

梓はせいいっぱい胸を張って答えた。

「ほうほう、このちびっ子たちが新しい四神の子か」

タケミナカタは梓の周りの子供たちを見まわした。

「こにちわー」「こにちわ！」「こんにちは」「……わ」

子供たちが声を揃えて挨拶する。タケミナカタは目を細めた。

「うむ、元気がよくていいぞ！　俺はタケミナカタっていう諏訪神社の主神だ。よろしくな」

「うん、よろちくする！」

「こ、こら、朱陽！」

梓は朱陽が差し出した手をあわてて下げさせた。タケミナカタは子供たちから梓に目を移すと、

「今回はうちのものたちが面倒をかけたな、ありがとうよ」と礼を言った。

「いいえ、お手伝いできてうれしかったです」

タケミナカタは右手を差し出してきたが、その手は金属で出来ていた。

梓がちょっと目を見張ったことに気づき、くるりと手のひらを回して見せる。

「ああ、びっくりさせたな。俺は両腕がないんだ。昔、建御雷神《タケミカヅチ》と力比べをしたときに、引きちぎられてしまったんだ」

「ひきち……」

物騒な言葉に目をシロクロさせていると、タケミナカタが笑った。

「まあ若気《わかげ》の至《いた》りってやつだ。タケミカヅチもやりすぎたって言って、そのあとちょくちょく新しい腕を造っては送ってくれるんだよ」

タケミナカタは自分の指をピアノを弾くように滑らかに動かした。

「タケミガヅチが腕を新しく作るたびに、人間の世界でも義手《ぎしゅ》は進化しているらしいな。なんでも今じゃ脳波の信号を拾って自由に動くまでになったらしい。俺たちが通力《つうりき》で動かすのと一緒だ」

「おじちゃん、てぇ、かっこいい！」

蒼矢がタケミナカタの金属の手を両手で握る。

「ロボみたい！　ロケットになる？　ミサイルでる？」

「はっはっは、試したことはないがたぶん飛ばせるぞ」

「えー、みたーい！」

「こら、蒼矢！」

梓は蒼矢をタケミナカタから引きはがした。蒼矢は羨望《せんぼう》と憧れの目を金属の腕に向けている。

「軽井沢はどうだった？」

タケミナカタは駅から見える山々に目を向けた。

「はい、いいところでした。また来たいと思います」

梓は本心から答えた。

「一日や二日じゃ楽しみきれないからな。昔は一か月や一季節過ごす人間も多かった。今はみんな忙しくなってすぐ帰るけどな。ここは春も夏も冬もいいぜ。今度はゆっくり来てくれ」

「はい、ありがとうございます」

「お？」

不意にタケミナカタは梓の背後に視線を向けて小さく声をあげた。

「うちの氏子《うじこ》が来てる」

「え？」

振り向くと犬用のキャリーバッグを抱えた若い女性――いや、少女が目を輝かせてこちらを見ていた。

「あ、あの！　羽鳥梓さんじゃないですか？」

「へ？　そ、そうですけど」

本木貴志じゃあるまいし、女の子に熱っぽい視線で名前を呼ばれるなんて経験は初めてで、梓は声をひっくり返した。

「わた、わたし！　あの、犬の！　アズキを見つけてくれたんですよね！」

高校生くらいに見える少女はキャリーバッグを抱えたまま梓にぶつかるような勢いで近

づいてきた。持っていたバッグの中で犬が「ワン！」と太い声で吠える。

「あ、その声」

かわいい顔をしているのに声は野太い。昨日助けた犬がそうだった。

「もしかして、昨日の」

「そうです！　アズキをみつけてくれて本当にありがとうございます！」

少女は深々とおじぎをした。

「あー、わんわん！」

蒼矢がキャリーバッグの中を覗き込む。犬は「ワンワン」と連続して吠えた。

「子供を四人連れた人って聞いていたんです。そしたらここで見かけて。もう絶対そうだ、と思って」

少女は目に涙を浮かべている。

「アズキ、見つからないかもって半分諦めていたんです。ほんとに、ほんとにありがとうございます」

「いえ、ワンちゃんが、頑張っていたおかげです」

少女はキャリーを両手で大事に抱えた。

「今、病院の帰りなんです。衰弱してるけどそれだけで、病気も怪我もないって。ほんとによかったです」

子供たちは少女を取り囲み犬に話しかけている。犬も覚えているのか中で尻尾を振っているらしく、コツコツと硬い音がした。

「これからも犬を――アズキちゃんを大事にしてあげてくださいね」

梓が言うと、少女は何度もうなずいた。

「あと、この犬の居場所を教えてくれたのは諏訪神社に縁のある人なんです。だから神社にいったらよくお礼を言っておいてください」

えっと少女は丸い目を上に向けた。

「羽鳥さんが偶然見つけてくださったんじゃないんですか?」

「森で犬の鳴き声が聞こえるって教えてくれた人がいるんです。俺はその人に聞いて、そっちの方へ歩いて行っただけですから」

「そうだったんですか」

少女はキャリーを軽く揺すり、頬を押し当てた。

「諏訪神社、わたし、大好きなんです。空気がいいっていうか……。学校の帰り、いつも寄ってます。今日はお賽銭《さいせん》、倍にしなくちゃ」

「そうですね」

梓がタケミナカタを見ると、大きな神様は少し照れたような顔をしていた。

寒いホームから暖房の効いた新幹線に乗るとほっとする。行きと同じように二つずつの座席を向かい合わせにして、梓と子供たちが座った。

となりの三つの座席には翡翠と紅玉、そして駅弁の袋が積み上げられている。

「軽井沢ときたら峠《とうげ》の釜めし」

と紅玉が言い張ったので、七個の陶器の窯《かま》を持ち込んだ。

「釜めしは、明治一八年に信越本線の横川駅が出来て以来、ずっと駅弁を販売していたおぎのやが、昭和三三年に発売したものなんや」

「へえ、昔からじゃなくて昭和からなんですか」

「温かいまま駅弁が食べられる、ちゅーコンセプトやったんや。紙容器と違って益子焼《ましこやき》の容器は保温できるからな。暖房もなかった時代には重宝《ちょうほう》されたやろ」

「温かいのはいいんですが」

梓はほんのり手を温める陶器の釜を両手に抱いて言った。

「こんな重いもの、どうするんですか」

「食えば軽くなるやん」

紅玉があっさりと言う。

「いや、外側だけでも重いですよ」

「釜めしの釜自体、お土産やったんやけどなあ。まあ、釜は僕が持つよ。じつはさっきタケミナカタさまからこれをいただいてね」

紅玉は小さな布袋を見せる。

「この中には軽井沢の植物の種が七個はいっているそうなんや。だから食べ終えた釜に土を盛って、軽井沢の思い出に種をまいたらどうかなって」

「へえ」

梓は袋を受けとった。振ると確かにカサカサと音がする。

「いいですね、それ。思い出の駅弁に思い出の種ですか」

「せやろ？」

縁側の下に釜を七個。それも楽しいだろう。

「あ、待ってくださいよ、七個？」

梓は布袋を目の前に持ち上げてじっと見つめる。

「まさかご神木さんたちじゃないですよね？　大きくは育てられませんよ？」

「まさか」

紅玉の笑みがひきつる。

「まあいざとなったら釜から植え替えて……」

「池袋を巨木の森にするつもりですか！」

新幹線が高崎を通過した。東京までもうじきだ。空の一部が黒くなっているのは雨でも降っているのだろうか。

東京に戻ったときに降っていたらいやだな、と思う。池袋駅から家まではけっこう歩くので子供たちが濡れてしまう。

玄輝と白花は一緒の座席で抱き合うようにして眠っている。

蒼矢は窓枠に頬杖をついてずっと外を見ている。

朱陽は駅で買ってもらった鳥の人形に話しかけたり、座席にひっくり返ってシンクロの練習をしたり、隣の席の翡翠と紅玉に話しかけたり忙しい。

(子供たち、楽しんでくれたようでよかったな)

軽井沢に行くことになってあわてて調べたいろいろな楽しい場所の大部分に行けていない。ほんとうにまたゆっくり行きたいものだ。

「楽しかったか?」

声をかけられて顔をあげると、通路に白いセーターの女の子が立っていた。

「あ、JRの神様……」

紅玉が急いで食べ終えた弁当をかたづけ席を空けた。少女はぽん、と座席に座る。

「なかなか興味深い体験をしたようじゃの」

おかっぱ頭の少女の姿をした神様の言葉に苦笑する。

「はい、まあ……、でも楽しかったですよ」

「それならよかった。旅は百パーセント楽しいものばかりではないからな。わしとしては行き帰りに同じ顔が乗っているのを見るだけでうれしいぞ」

なかなか重みのある言葉だ。

「今日はどうされたんですか？　まさかまた電車が事故を……」

翡翠が顔を引き締めてＪＲの神様に尋ねる。

「いや、そうではない。行きのお札におまえたちに見せたいものがあってな」

ＪＲの神様は窓の外を指さした。

「もうすぐ見えてくるぞ、ほれ」

外には刈り取られた田んぼが広がっている。その上に大きな虹がかかっていた。田の端から端までくっきりと弧《こ》を描いている。

「わあ」

梓は起きている朱陽と蒼矢を呼んだ。二人は三人掛けの席の奥まで行って窓に顔を押しつけた。

「にじだー」

「おっきいー　きれいだー」

虹はずっと空に見えていた。よく見ると二重になっている。鮮明な虹の上に、薄くさらに大きな橋が見えた。

「二重の虹は瑞兆《ずいちょう》じゃ。おまえたちの帰途も安全じゃろう」

ＪＲの神は子供たちの反応に満足そうだ。

「あの、虹を見せてくださるためにいらしたんですか？」

梓はにこにこと子供たちを見ているＪＲの神様に聞いた。

「うむ、車窓の風景も旅の大事な思い出じゃからな。あと……見送りをしたかったというのもある」

「見送る？　まさかこの新幹線が廃車になるんですか？」

紅玉が身を乗り出して聞いた。それに少女の姿をした神は首を振った。少しだけ寂しそうな笑みを浮かべる。

「新幹線ではないのだよ……」

そういうと姿を消してしまった。

「新幹線ではないって……なんだろう？」

新幹線が大宮を過ぎた。帰りは大宮から埼京線に乗る手筈だったが、東京駅から丸の内線に乗ろうと紅玉が言ったので、降りる準備を始める。

大宮から上野までわずか一九分、上野から東京駅までは五分、あっという間だ。

チャイムが鳴って案内のアナウンスが流れた。流暢《りゅうちょう》な女性の英語の案内のあと、男性の声に変わる。

「まもなく東京です。お忘れ物をなさいませんよう……」

少しだけ間があって、そのあとアナウンスが続く。

「わたくしごとですが、この車両をもって、運転士の仕事は終了となります。北陸新幹線が開通して二〇年、たくさんのお客様と一緒に走ってきました。支えてくれた家族、ＪＲのみなさん、お客様、ありがとうございました」

アナウンスが終わったあと、車内は一瞬しん、と静まった。

すぐに紅玉が拍手をした。梓も拍手をした。蒼矢と朱陽と翡翠が拍手をして、近くに座っている乗客も拍手をして、車両全体がいたわりと感謝の拍手で満たされた。

顔もしらない、たった一度、たまたま乗った運転士へ。

あなたのような勤勉でまじめなたくさんの人が、今日も列車を走らせている。安全を走らせているのだ。

ありがとう。おつかれさま。

「JRの神様……この運転士さんを見送りにきてたんですね」

「そうやなあ」

紅玉が目を潤ませている。

「やっぱ電車はええなあ」

レールの上を走るのは、ただの鉄の塊じゃない、空気じゃない。

たくさんの思い出と人生だ。


東京駅から丸の内線に乗り換え池袋に着く。玄輝と白花は乗り換えても眠ったままだったので、翡翠が二人を両腕に抱えていた。

紅玉は荷物を持ち、梓は朱陽と蒼矢の手を握っている。

駅から外へ出ると雨は降っていなかった。

朱陽と蒼矢はビルと車と人に囲まれた町を、初めて見るようにきょろきょろする。

「かるいざわとちがうねえ」

朱陽がため息をつくように言う。広い空も山も緑も少ない。心地よい風も吹かない。しかし人の勢いと熱量があり、活気に満ちている。

「そうだね」

どっちがいいかなんて言えない。どちらも好きでどちらも大切。

「おうち、かえんの？」

蒼矢が梓の手を握って言った。

「そうだよ、三日も留守にしたから、おうちも寂しがってるかもね」

「あっ！　おうちにおみやげもってこなかった！」

大失敗したように言う蒼矢に、紅玉がビニール袋を持ち上げてみせた。

「大丈夫、これがおみやげやから」

それは峠の釜めしの益子焼の釜だ。三個、四個に分けて全部紅玉が持っている。

「おみやげー、おうち、うれしい？」

「嬉しいさあ！　それにみんなが軽井沢の話をおうちでするだけで、おうちも喜ぶわ」

「じゃあ、いっぱいしなきゃ！」

池袋の町の人々はみんな速足だ。梓は子供たちが通行の邪魔にならないように、端の方に寄せて歩いた。

「おっうち、おっうち」

朱陽と蒼矢は手を繋ぎ、へたくそなスキップをしている。スキップならタタンタタンと飛び上がるべきなのだが、どうも片足をあげているときにからだを揺するタイミングがむずかしいらしく、転びそうに歩いているようにしか見えない。

「おうち、帰るの嬉しい？」

梓が聞くと、朱陽が不思議そうな顔をした。

「うれしーよ！　おうちはごあんたべるでしょ」

「ねんねするでしょ」

蒼矢も言った。

「ガイアドライブ、みるでしょ」

「えほんよむでしょ」

「あじゅさがいるでしょ」

「みんないるでしょ」

他愛ない言葉ににじん、とする。そうだ、旅というのはこんなふうに、家へ戻ることを思うから楽しいのだ。

「うちへ帰るまでが遠足だって言うしな」

大通りからそれて家に向かう道に入る。梓の手を引く子供たちの足が早まった。

「あじゅさ、おうちおうち」

喜多川さんちを通って仁志田さんちを通っておうちに到着。朱陽と蒼矢はアコーディオン式の門扉を開けようとぐいぐい引っ張っている。

「待って、今開けるから」

翡翠に抱かれていた白花と玄輝も目を擦りながら起きてきた。

「さあ、おうちに帰ったよ」

門扉を開けて玄関のカギを開けて。

子供たちの声が三日ぶりに家の中に響いた。

「ただいま――！」

コスミック文庫α
神様《かみさま》の子守《こもり》はじめました。12

【著者】　霜月《しもつき》りつ
【発行人】　杉原葉子
【発行】　株式会社コスミック出版
〒154-0002　東京都世田谷区下馬 6-15-4
【お問い合わせ】　—営業部—　TEL 03(5432)7084　FAX 03(5432)7088
—編集部—　TEL 03(5432)7086　FAX 03(5432)7090
【ホームページ】　http://www.cosmicpub.com/
【振替口座】　00110-8-611382
【印刷／製本】　中央精版印刷株式会社

ISBN978-4-7747-6210-4 C0193

コスミック文庫α《アルファ》好評既刊

異世界でちびドラゴンを手料理で育てることになりました。

ひなの琴莉

な、なんだこれ……?
異世界転移してしまったサナの前に差し出されたのは、手のひらサイズで白に水色のドット柄の卵。なんでもドラゴンの卵で、女神のお告げによりサナに育てて欲しいらしい。困惑するサナだったがエプロンの大きなポケットに卵を入れ、大事に温めて育てつつも、料理の腕前を活かして異世界で生活することに!
やがて小さくて可愛らしい水色のドラゴンが生まれて……!?

卵から生まれたのは可愛いちびドラゴンで!?